O ÚLTIMO DIA DA INOCÊNCIA

EDNEY SILVESTRE
O ÚLTIMO DIA DA INOCÊNCIA

1ª edição

EDITORA RECORD
RIO DE JANEIRO • SÃO PAULO
2019

CIP-BRASIL. CATALOGAÇÃO NA PUBLICAÇÃO
SINDICATO NACIONAL DOS EDITORES DE LIVROS, RJ

S593u

Silvestre, Edney
O último dia da inocência / Edney Silvestre. – 1ª ed. – Rio de Janeiro: Record, 2019.

ISBN 978-85-01-11720-5

1. Romance brasileiro. I. Título.

19-56211

CDD: 869.3
CDU: 82-31(81)

Vanessa Mafra Xavier Salgado – Bibliotecária – CRB-7/6644

Copyright © Edney Silvestre, 2019

Todos os direitos reservados. Proibida a reprodução, armazenamento ou transmissão de partes deste livro, através de quaisquer meios, sem prévia autorização por escrito.

Texto revisado segundo o novo Acordo Ortográfico da Língua Portuguesa.

Direitos exclusivos desta edição reservados pela
EDITORA RECORD LTDA.
Rua Argentina, 171 – Rio de Janeiro, RJ – 20921-380 – Tel.: (21) 2585-2000.

Impresso no Brasil

ISBN 978-85-01-11720-5

Seja um leitor preferencial Record.
Cadastre-se em www.record.com.br
e receba informações sobre nossos
lançamentos e nossas promoções.

Atendimento e venda direta ao leitor:
sac@record.com.br

Chegou um tempo em que não adianta morrer.

Carlos Drummond de Andrade,
"Os ombros suportam o mundo"

Mal dia, hoje.

Mario Levrero,
O romance luminoso

Sumário

Serra das Araras, 13 de março, quinta-feira   9
Rio de Janeiro, 13 de março, sexta-feira, 17 anos depois   11

1. Vidas   13
2. Iolanda   21
3. Montedouro   33
4. Boilensen-Hagger   43
5. Soraya   53
6. *Anschluss*   67
7. Amarantes   77
8. Vogue   91
9. Família(s)   101
10. Invisíveis   113
11. Espelho   123
12. Abismo   135
13. Toni/Beto   147
14. Deus ri   159
15. Mentiras   169
16. Teez   179
17. Última parada   189

Serra das Araras, 13 de março, quinta-feira

Os pneus banda branca entraram suavemente sobre o asfalto recente, deixando para trás a poeirada e solavancos do trecho em obras. O automóvel iniciou a descida entre paredões de pedra e o vale reverdejante quinhentos metros abaixo, emoldurado entre densas copas de ingás, paus-brasil, jacarandás e ipês de flores amarelas, roxas e brancas.

No banco de trás, duas crianças cantavam. A mulher entre elas marcava o ritmo com palmas suaves nos joelhos, envolvendo as palavras da canção de aniversário favorita dos sobrinhos em sua doce voz harmoniosa. No banco da frente, sentavam-se o pai e a mãe do menino de três anos e oito meses e da menina de sete, completados duas semanas antes. Anoitecia. Na velocidade que o Mercury Sedan Eight rodava, ligeira, mas prudente, como prudente era o farmacêutico ao volante, chegariam à Baixada Fluminense antes de escurecer totalmente.

As crianças riam a cada curva, inclinando-se e se apoiando no corpo da tia, que parou de bater palmas e os puxou para junto de si, fazendo com que as cabeças do menino e da menina se tocassem, levando os três às gargalhadas, no momento em que o carro saiu da pista, atravessou o acostamento e voou sobre os tufos restantes de Mata Atlântica como um grande pássaro metálico, espantando tucanos, bem-te-vis, surucuás e maritacas já recolhidos em seus ninhos.

Rio de Janeiro,
13 de março,
sexta-feira

17 anos depois

1.
Vidas

Tudo tem uma primeira vez. O cheiro de morte, não conhecia. Já vira mortos. Junto de mim. A meu lado. E no banco da frente. Por horas. Horas, me contaram. Mas cheiro, não. Não lembro. Não lembrava. Não assim. Nada assim. Nunca tantos mortos. Juntos. Uma sala de mortos. Ou que outro nome dar àquilo?

"O palácio dos abandonados", definiu uma voz rouca atrás de mim. "Sala oito. Instituto Médico Legal."

Terno escuro, gravata, câmera pendurada no pescoço, bolsa de couro surrado no ombro esquerdo, cigarro no canto da boca oculta por bigode muito preto, menos que os cabelos emplastrados para trás com brilhantina ou algo assim gosmento, acima do rosto moreno por origem, mais ainda pelo sol do Rio de Janeiro. Já tinha visto outros como ele pelas várias redações onde procurei emprego. O clichê do repórter fotográfico. O primeiro clichê do dia. Se eu então soubesse alguma coisa sobre clichês. Se eu soubesse alguma coisa.

"Pela vida, pelos parentes, amantes, cafetões", acrescentou. "Abandonados aqui é apenas a continuação de suas vidas."

O segundo clichê do dia. Outros viriam. Mais do que eu saberia distinguir. Se eu fosse mais alerta ao que sinalizam os clichês.

"Cadáveres sem dono."

Ahn, eu disse.

"Quase todos estão aqui há dias, semanas, meses."

Estão, me ouvi perguntando, não verdadeiramente interessado, é mesmo? Se estavam ali havia tanto tempo, sem que ninguém reclamasse seus corpos, suas histórias não dariam a boa reportagem que eu precisava para me fazer notar. Urgentemente. Ou corria o risco de ficar engastado para sempre na repartição dos datilógrafos, decifrando a caligrafia dos tabeliões e batendo nas teclas da Remington verde e velha do Vigésimo Oitavo Cartório de Registros de Imóveis do Estado da Guanabara, o emprego que por enquanto pagava, mal e mal, as minhas contas.

Toda profissão tem que começar em algum lugar. Aquele era uma merda, mas era tão bom quanto qualquer outro, se você não tem porta de entrada, nem quem o indique. Repórter de polícia é o degrau mais baixo na cadeia alimentar do jornalismo. Acima eu não tinha acesso. Abaixo não havia mais ninguém.

"Até jogarem fora", o fotógrafo acrescentou.

Lembrando agora, nebulosa e deformadamente como tudo, ou quase tudo, relacionado à manhã de hoje, àqueles crimes, ou ao passado que todos gostaríamos de refazer, o meu pelo menos, diria que o terno dele era marrom como seus sapatos bicudos, encardidos e arranhados. Mas pode ser uma invenção, muito do que me lembro se revelou produto de minha imaginação levada pela droga que me aplicaram, ou mesmo pelo medo e confusão mental em que escorreguei, tentando justamente não me deixar dominar pelo medo e confusão mental, tanto e de tal forma que, quando voltei aos lugares ou perguntei a alguma testemunha, muito do que vi não era assim como me parecia antes.

Não, a câmera não pendia de uma alça no pescoço. Estava em sua mão esquerda, uma dessas câmeras japonesas ou alemãs de filme 35 milímetros, como já vinham sendo usadas para reportagens de rua por algumas publicações. Na mão esquerda, sim. Ele era canhoto, pois. A gravata, solta no colarinho. Camisa branca, gravata preta. Como o paletó. Acho. A calça é que era marrom. Ou azul-marinho. Ou a gravata era azul-marinho. Não sou muito bom de lembrar cores e roupas. Preciso anotar. Repórteres com memória ruim precisam anotar. De palavras eu me lembro, no entanto. De frases inteiras. Mas roupas, cores, não.

Jogarem fora onde, eu sei agora que ele gostaria que eu perguntasse, percebi que queria me chocar, mas senti que contaria de qualquer maneira. Ele queria falar. Talvez precisasse falar. Não é fácil ficar calado naquela sala, com tantos...

"Abandonados", ele repetiu, "até jogarem no lixo."

Mantive-me calado.

"Cortam, abrem, dissecam, distribuem seus órgãos, dedos, globos oculares, intestinos, gônadas, próstatas para a rapaziada da escola de medicina", ele disse, no mesmo tom neutro com que me instruiria depois sobre a estação onde deveria saltar na ida à casa da mãe. A mãe dele. Dele, o da gaveta número 41. O primeiro assassinado.

Não me interessei em saber o destino dado pela faculdade de medicina às partes não utilizadas. Cremação ou lixo, que diferença faria para aqueles ali. Mas achei curioso não haver mulheres.

"Há. Poucas. Muito poucas. Raramente. Quase nunca."

Mas há tantas, largadas pelas ruas do Rio, pensei. Nas calçadas da Praça XV e do Largo da Carioca, sob as marquises da Presidente Vargas, nas cercanias do Campo de Santana, no pátio em frente à igreja de São Jorge, na rua atrás do Ministério da Guerra, pelas redondezas da Rodoviária e do cais do porto, ao longo de todo meu caminho da pensão no Catumbi até a redação do jornal perto da Central do Brasil. Maltrapilhas. Sujas. Descalças. Muitas com filhos. Meninos pelados ou quase. Tantas miseráveis, com as mãos ou as crianças estendidas.

Com elas, o que acontece? Para onde vão, quando morrem? Têm família? Documentos? Nome, sobrenome, carteira de trabalho, número de identidade? Têm quem reclame seus corpos?

"Mulheres são menos violentas. Mulheres não matam. Raramente matam. Muito poucas matam."

Devo ter acrescentado alguma outra observação sobre as miseráveis do Rio porque ele comentou, como numa resposta:

"Miséria fingida, muitas das vezes. No fim do dia tiram os trapos, enfiam em um bornal, tomam o bonde ou o trem e voltam para o bairro do subúrbio onde têm casa com móveis e geladeira, ou vão para algum barraco no Morro da Providência, uma vaga em pensão da Lapa, do

Santo Cristo, do Morro de São Carlos, um lugar próximo do centro onde ganham a vida, ou se mandam para fora daqui do estado da Guanabara, pelos lados de Caxias etc. e tal. Onde você mora?"

Fingi que não ouvi.

"Este é seu primeiro trabalho? Para que jornal?"

Fingi que não tinha ouvido, novamente.

"Este é seu primeiro trabalho. Não quiseram lhe mandar para cobrir o comício do Jango na Central do Brasil."

Não tive vontade de confirmar.

"Jango vai prometer o mesmo de sempre, reforma agrária para aplacar as Ligas Camponesas, nacionalização de empresas americanas, fim da remessa de lucros para o estrangeiro, o blá-blá-blá que vem repetindo desde que voltou da China, sem fazer nada de concreto. Nem fará. Jango é só garganta. Retórica e mais nada. Prefiro aqui o meu palácio dos abandonados. Aqui ninguém mente. Ninguém mente mais."

Calado estava, calado permaneci.

"É seu primeiro trabalho", repetiu mais baixo, de si para si.

Olhou em volta, caminhou até uma das paredes, puxou a alça, olhou dentro da gaveta, fechou-a, abriu uma ao lado, bateu uma chapa, fechou-a, apontou para as gavetas ao meu lado.

"O número 23 é logo ali. Abra para mim. Veja se é homem ou mulher. Aposto que é homem. Preto."

Não me movi.

"Faça. Vá. Abra."

Me pareceu falar com leve sotaque baiano.

"Abra e veja."

* * *

Cercado de cadáveres. Muitos, boa parte, talvez a maioria, mortos por causas violentas. Atropelados, jogados de janelas, atravessados por peixeiras, esmigalhados debaixo de trens, roídos por venenos, estraçalhados por navalhas, estourados por balas. Nunca me imaginei em situação semelhante. Nem as perguntas que me afloraram ali. Não, verdadeiramente não sei se ali, ou se as perguntas surgiram depois de tudo acontecer. Ou durante.

Um crime começa como? Com um passo tolo ou intencional? Um convite? Um consentimento? Uma capitulação? Um olhar ignorante a todas as evidências?

Quando me lembrasse das perguntas, seria tarde demais.

* * *

"A gaveta 23."

Atender ao comando dele, ir até lá, abrir, checar a identidade do cadáver, simples assim, aqueles três ou quatro passos, apenas três ou quatro, significavam muito mais do que apenas caminhar três ou quatro passos, simples assim, até a gaveta de metal cinza, segurar a alça de alumínio, puxar e olhar quem restava ali. Os três ou quatro passos significavam capitular ao que sempre me pareceu o aspecto mais raso do jornalismo. Ou seria um ato de sobrevivência legítimo, tanto quanto comer a carne de companheiros de naufrágio, mortos de sede e inanição, ou mesmo, depois de se alimentar daqueles, sortear quem deveria ser sacrificado pelo bem de todos, como fizeram os marinheiros do baleeiro Essex, em fevereiro de 1820, à deriva no Oceano Pacífico, ansiando por resgate ou que as correntes os levassem de volta à costa da América do Sul? O que eu estava fazendo ali, afinal?

"Vá. Abra."

Sempre quis ser jornalista. Desde que aprendi a escrever. Antes, até.

"Vá lá", repetiu, sem que eu soubesse se comandava ou zombava. "Abra. Não tem curiosidade?"

Tinha. Sempre tive.

* * *

Outras crianças sonhavam em ser Pelé, levantar a taça Jules Rimet, construir hidrelétricas e arranha-céus, explorar a Antártica, ajudar o doutor Schweitzer nas selvas do Congo, subir o Himalaia, descer as cataratas do Iguaçu, enfrentar as lavas do Tungurahua, acabar com o câncer. Eu só queria ser jornalista. Por isso escrevia. Sempre escrevi. Mesmo quando não sabia ler nem escrever, escrevia. Rabiscava em qualquer pedaço de papel encontrado lá na Instituição, escondia debaixo do colchão do dormitório e lia neles a cada vez histórias diferentes, sempre com o mesmo final, o pai ou a mãe, ou os dois, vindo buscar o filhote sapo ou gambá preso na ratoeira, no redemoinho, na areia movediça, nunca humanos como personagens, mudando os bichos e os perigos a cada trama, até começar a juntar letras em palavras, montar palavras em frases, e surgirem as ribanceiras e despenhadeiros onde porquinhos e lobos, igualmente, eram precipitados dentro de carros em chamas, sem chance de resgate.

Na biblioteca da Instituição também havia jornais. E revistas. Em pilhas acumuladas ao longo de décadas. Eu desamarrava os barbantes, lia, colocava de volta na pilha, amarrava de novo.

Uma guerra tinha terminado na Europa, uma nova guerra começado na Coreia, um papa morrera, um papa fora eleito, o presidente do Brasil se suicidara com um tiro no coração, o seguinte criou uma capital no centro do país, automóveis passaram a ser montados em cidades próximas de São Paulo, um sertanista casara-se com uma índia chamada Diacuí, uma virgem de nome Aída Curi fora jogada por estupradores do alto de um prédio em Copacabana, uma mulher da Penha ateou fogo ao corpo da filha do amante, jovens transviados rodavam em lambretas e quebravam cadeiras de cinemas para dançar rock and roll, uma brasileira de olhos azuis quase se tornara Miss Universo, os americanos enforcavam e queimavam negros, os russos colocaram um Sputnik no espaço.

Estava tudo nas pilhas. Ninguém ligava para o que líamos ou deixássemos de ler. Estava lá, o mundo, em pilhas de jornais e revistas. Muito mais instigante que os universos delirantes dos livros de Jules Verne.

Meu interesse, minha curiosidade, minha ambição não ficavam na lua nem a vinte mil léguas submarinas. Ficavam ali. Logo ali. Para fora da porta da Instituição para crianças sem pais. O mundo real. Para lá é que eu desejava viajar.

Mas não como repórter de polícia.

* * *

"Vá, abra. Eu te ajudo nesta primeira reportagem. Eu sei que é sua primeira reportagem."

Você nem me conhece, creio que disse. Ou pensei.

"Não tente disfarçar, é bobagem, está escrito no seu terno de tergal, na sua gravata de laço pronto, no sapato brilhando. Repórter de polícia nunca engraxa sapato, não adianta, vão sujar todo dia, em todo beco, casa de cômodo, cabeça de porco ou favela aonde tiver que ir para cobrir os assassinatos do dia. Ou da noite."

Não sou repórter de polícia.

"Ainda. Mas pode se tornar. Um bom. Eu ensino."

2.
Iolanda

"Não use palavras difíceis. Não escreva frases longas. Não conte tudo nas primeiras linhas. Se o leitor sentir que pode parar por ali antevendo o restante, ou desanimar diante de palavras que desconhece, humilhado pela sua erudição ou acabrunhado por sua chateza, se lhe perceber entregando o ouro quando está apenas começando a abrir o caixão, o jornal, a revista, não lhe interessará ver o cadáver. Irá para outra notícia com mais apetência. Não se iluda, porém. Não tente ser original. A ninguém apraz originalidade genuína. Os que mais dizem apreciá-la são os que mais a detestam. Alguém já escreveu sobre o que estás escrevendo, e essa familiaridade com o já acontecido e já reportado é o que o leitor almeja. Repetição conforta. Mostra que tudo continua como era, e assim sucessivamente."

Mais um cigarro aceso. Sem filtro. Ele fumava muito. Todos fumavam muito nas redações. Eu, não. Nunca fumei.

Seu maço ficava no bolso do paletó. Marrom. Azul-marinho?

"Tampouco seja bom demais na qualidade do texto. O leitor, ou seu colega, ou seu chefe, tem que ler e poder dizer 'Ah, eu faria essa reportagem muito melhor que esse noviço'. Mas não pareça totalmente foca. O que é um foca? É você, começando na redação, ainda sério e tentando ser respeitado. Não seja respeitado, isso causa inveja, inveja leva a mexericos, mexericos levam a boicotes, boicotes levam a designação para cobertura de assuntos irrelevantes, irrelevância leva para a ponta da fila da demissão. O primeiro levado pelo maremoto."

Maremoto?

"Uma onda incontrolável que arrasta tudo. Como a que engoliu Lisboa, após o terremoto de 1755. Demissão em massa na redação. Que chega sem aviso. Acontece toda vez que há uma reorganização na diretoria, troca de editor-chefe, enxugamento de pessoal, crise econômica. Desde antes da morte de Vargas, o Brasil já estava em crise econômica, piorou no fim do governo JK, rola morro abaixo desde a renúncia de Jânio Quadros, com esse João Goulart aí nem se fala. Esses maremotos são cíclicos. Engolem cabeças e cargos. Tudo muda, para a chefia continuar como estava. É cíclico, lhe digo. Veteranos tentam ficar fora da linha de tiro. Mas para um iniciante? Bucha de canhão. Nada é pior do que um foca demitido. É desmoralizante para o resto da vida. Demitido como foca, acabou sua carreira como repórter. Conseguirá, no máximo, com muita sorte e apadrinhamento, um empreguinho de copidesque."

Copidesque é quem conhece e sabe usar a língua melhor que todo mundo, argumentei, Graciliano Ramos era copidesque.

"Copidesque é um pouco isso aqui, a sala dos mortos, congelados, esperando quem virá reclamar o cadáver. E frases curtas. Já falei das frases curtas? Você fala frases curtas, reparei. Faça o mesmo em seus textos."

* * *

Amarantes tinha pousado a maleta com lentes e rolos de filmes sobre o ventre de um dos engavetados, como ele chamava os corpos no morgue do Instituto Médico Legal.

A refrigeração da sala era forte. Mesmo de paletó, eu sentia frio. Não estava acostumado com ar-refrigerado. Não havia, de onde eu vim. Mesmo no Rio de Janeiro, poucos lugares tinham refrigeração. Até onde sabia, mais por ter passado em frente e sentido o alívio fresco invadindo a calçada, um cinema Metro na Avenida Copacabana e outro mais na Praça Saens Peña, na Tijuca, mais um da mesma cadeia na Rua do Passeio, no centro, e também a filial da rede americana de lojas de departamentos Sears em Botafogo, um magazine chamado Mesbla, de capital brasileiro, creio, próximo do edifício do antigo Senado Federal antes da mudança da capital para Brasília, o Palácio Monroe, uma construção enfeitada por colunatas, volutas, janelas e portões de ferro altos e vidros bisotados, aglomerados de minúcias em cobre e latão, com belos, eu achava, leões de mármore no alto de uma escadaria, compondo um conjunto com jeito de bolo gigante, esquecido como um velho parente inútil, no final da Rio Branco.

O que tem as frases curtas?

"Frases curtas. Assim como você fala, tem que escrever. Frases curtas. Pá, pum. Pá, pum, pá, no máximo. O corpo estava caído na cama. Ou leito. Ou leito conjugal. Ao lado, um copo. Na cama. Sobre a cama. O líquido tinha derramado no lençol, sobre o lençol, em cima do lençol, algo bem fácil de entender. As mãos estavam crispadas no lençol sujo. Os olhos dele, ou dela, estavam esbugalhados. A boca estava aberta. Ponto. Uma espuma escorria do canto. Ponto. A vítima estava..."

A repetição do verbo estar não lhe parece excessiva, Amarantes? E a demora para contar o crime...

"Relatar. Um crime é relatado. Não tenha pressa. O seu leitor já viu a foto do morto na primeira página, com o bocão aberto e o olhão esbugalhado, já viu o copo, já viu os lençóis imundos do puteiro, ou da pensão vagabunda, ou do barraco da favela, seu leitor então já sabe o que aconteceu, você tem de florear para ele poder ver o anúncio de Detefon, Creolina ou Lojas Ducal na coluna ao lado, entendeu?"

Os veteranos são sempre céticos, pensei e não disse. Amargos. Detestam e/ou desprezam os leitores. Imprimiriam as páginas só para si mesmos, se pudessem. Os que eu tinha conhecido nestes poucos dias na redação pelo menos. Repórteres, revisores, redatores, editores, chefes, gráficos, fotógrafos, laboratoristas, linotipistas, contínuos, até o office boy encarregado de aguardar que o telefone desse linha e o contrabandista de cigarros americanos e uísques escoceses e paraguaios, todos, sempre, tinham algum comentário negativo ou sórdido pronto para lançar sobre a máquina de escrever, ao lado de cinzeiros transbordando de tocos de Continental e Hollywood sem filtro, comentários prontos para encerrar qualquer argumentação, sobre política, futebol, arte, o que fosse, com o bordão que, até então, eu só ouvira da boca de gente rica: o Brasil não tem jeito.

"Repita o verbo estar, pode repetir, deve repetir, reforça a ideia que lhe interessa transmitir. O que está anotando nessas laudas? Onde está seu bloco de notas? Todo repórter tem um bloco de notas."

Ainda não tive tempo de comprar, aí peguei essas folhas.

"Laudas."

Estavam lá, tinha tantas, peguei só essas poucas.

"São para datilografar a sua reportagem, com cinco cópias. Você deveria saber."

Eu sabia, mas ainda não tinha me acostumado a chamar de laudas as folhas de papel pautado, com o nome e logotipo do jornal no alto da página, mais linha para título e nome do repórter abaixo.

"O que vai escrever sobre ela? É sobre a morta do Estácio que você vai fazer a reportagem, meu jovem?"

* * *

As duas últimas palavras soaram pomposas como as de um professor indeciso sobre a maneira mais aparentemente modesta de encerrar uma preleção que acredita ter sido memorável. Pompa e amargura frequentemente caminham juntas, eu aprenderia. Tudo em Antonio Amarantes, ou dele relacionado a si mesmo, ou a seus preceitos jornalísticos, ou especialmente sua segurança aparente, talvez real em boa parte, talvez ainda impregnada dos tempos esperançosos de antigo colaborador de publicações banidas pela onda anticomunista do governo do general Eurico Gaspar Dutra, como ele contara, dos tempos da fé num Brasil a caminho de um futuro socialista sob o comando de Luís Carlos Prestes, tudo em suas palavras se pretendia inesquecível, mesmo nas mais banais opiniões ou conceitos, e, admito, aquilo o tornava fascinante para mim. Era, afinal, o primeiro jornalista veterano a se dignar a conversar comigo. E o primeiro que eu conhecia a ter visto e convivido com Getúlio

Vargas e Juscelino Kubitschek, os dois presidentes que me pareciam os grandes transformadores do país. Mesmo xucro em política, eu era cheio de certezas e acreditava que Juscelino, conciliador e centrista, suplantaria o agressivo conservador Carlos Lacerda, governador do Rio, como sucessor do governo desordenado e sem rumo do trabalhista João Goulart nas eleições presidenciais do ano que vem. E eu seria o primeiro a entrevistá-lo depois da vitória, sonhava.

É, vou, sim, vou, respondi, pensando não na suicida do Estácio, mas no furo de bala no paletó de pijama de Getúlio, testemunhado por Amarantes, ele acabara de me confidenciar, ainda no quarto do Palácio do Catete, em agosto de 1954, chamado por familiares para registrar o momento histórico, antes de sanitizarem a cena. Amarantes fora obrigado a lhes entregar o filme.

"Escreva, então. Olha o papel aí, na sua mão. As laudas."

Quando voltar para a redação eu escrevo, aqui é muito esquisito, no meio de todos esses mortos.

"Por isso mesmo terá mais força. No meio dos mortos. Vejo que já escrevestes algumas laudas."

São anotações apenas, uma abertura, um início, ou nem isso, só umas anotações, respondi, dobrando as folhas e colocando no bolso no paletó.

"Leia para mim."

Hesitei, mas tirei as laudas do bolso, desdobrei-as.

Li, relutantemente: parda, subnutrida, o corpo ossudo coberto por um vestido roto, uma baba ainda escorrendo entre os lábios arroxeados, a mulher, provavelmente prostituta, foi encontrada sem vida numa das muitas cabeças de porco da Rua Haddock Lobo, próximo à...

"Pode parar."

Parei. Aguardei. Ele estendeu o maço de cigarros e a caixa de fósforos. Fiz com a mão sinal de recusa, ele pareceu não compreender, manteve-os diante de mim, aguardando, eu me senti constrangido em rejeitar uma atitude talvez deferente de um veterano a um calouro, puxei um de seus Continental sem filtro, pus na boca, ele riscou o fósforo, acendeu-o, suguei e logo soprei a fumaça, sem tragar, mantive o cigarro entre os dedos por todo o tempo daquela conversa sobre favoritos, até quase os queimar, procurei um cinzeiro, larguei-o lá.

"Você quer ser quem? Nelson Rodrigues? Carlos Heitor Cony? Fernando Sabino?"

Quero apenas trabalhar, ser efetivado, deixar de ser foca, me tornar um jornalista profissional, pensei, com um emprego aonde poderia ir todo dia e pagamento a cada quinzena, o bastante para tomar café com leite, pão e manteiga de manhã, almoçar, jantar e, no fim do mês, comprar um par de livros ou ver algum filme, sair da vaga no quarto da pensão no Catumbi, com mais três expatriados de seus estados ou vilarejos, para um quarto com banheiro só para mim na Glória, no Catete, no Flamengo e mesmo, quem sabe, em Copacabana, e, isso também não disse, porque sabia impossível para um sujeito sem cultura substancial como eu, ou mesmo escrever na minha própria língua com a maestria dele, um austríaco refugiado dos nazistas aportado no Rio de Janeiro sem saber uma palavra de português, por isso não o citei, sim, queria, gostaria, de ser olhado com a admiração como eu tinha olhado para Otto Maria Carpeaux, num canto ao fundo do segundo andar, na redação do *Correio da Manhã*.

* * *

"Parda, jamais!", Amarantes sentenciou. "Não há mulheres pardas fora dos documentos de identidade. Inseticida, marmelada, sabonete, banha de coco, liquidificador, detergente, não harmonizam com parda. O leitor já vira a página e busca outra notícia fora da parda. Carlinhos Oliveira escreve parda? Aníbal Machado escreveu parda alguma vez? Nabor Fernandes escreveu parda? Portanto, aprenda com eles. Copie, se for necessário. Parda não existe. Se está na sua reportagem, a morta é morena, mulata, cabrocha, sapoti, cor de jambo, mestiça, tudo menos parda. Quem lê parda desiste de saber o destino da mulher encontrada morta no Largo do Estácio."

Rua Mem de Sá, corrigi.

"Largo do Estácio. Origens do samba. Popular. Ela poderia ter sido porta-bandeira. Enamorou-se do mestre-sala. Mas era teúda e manteúda de um bicheiro do Morro de São Carlos. Ficou sem nada quando o abandonou. Ela se prostituía para poder dar belos presentes ao mestre-sala. Debalde. Nunca use debalde, aliás. Use entretanto. Melhor: no entanto. No entanto, o mestre-sala trocou-a por uma passista mais jovem. A vida para... Como era o nome da morta?"

Sem nome, sem documentos.

"Iolanda. Ela passa a ser 'a mulata Iolanda'. Poderia ser Dolores, mas 'a mulata Dolores' não soa tão bem quanto 'a mulata Iolanda'. Uma cabrocha de parar o trânsito na Rua Haddock Lobo, Iolanda."

Não. Iolanda, não.

"Por que não?"

Tinha minhas razões pessoais para rejeitar aquele nome. Não eram da conta dele. Nem de ninguém.

"Iolanda, sim! A mulata Iolanda."

Não. Iolanda, não. Nem Clotilde, nem Guilhermina, nem Isaura, nem qualquer outro prenome inventado para a parda pobre que se matou com veneno de rato misturado a guaraná. Não podia, nem pretendia, começar meu trabalho na *Folha da Guanabara* com mentiras. Um jornalista mentiu uma vez, mentirá sempre. Nunca mais acreditarão nele.

"Bobagem, meu jovem. Invencionice nunca prejudicou a carreira de nenhum jornalista. O que é a coluna do Nelson Rodrigues, se não invencionices? Carlinhos Oliveira? Invencionices. Paulo Mendes Campos, Drummond, Clarice, todos floreiam e embelezam a realidade trivial à volta deles. O jornalista mais famoso do Brasil, David Nasser, fazia o quê? Faça você, também, meu jovem. Invente."

Gostaria que não ficasse me chamando de meu jovem, pensei em lhe pedir, mas ele já havia emendado na teoria do jornalista como arma de vingança.

"Escreva pensando no cafetão dela. Pense no mequetrefe que todo dia cobria de porrada essa lamentável criatura feia, magra, sem tetas, ainda com alguns dentes na boca, encachaçada, abobalhada, incapaz de faturar metade que fosse das outras marafas da manada dele. Quantas vezes o filho de uma égua botou ela para fora da cabeça de porco, quantas vezes ela voltou, porque não tinha para onde ir e ali, ao menos, mesmo debaixo de cachações e pitombas, tinha o catre, o teto, a privada, a pia. Uma porra de uma puta parda e pobre. Ninguém vai reclamar seu corpo. Só não apodrece naquela gaveta porque a enterrarão como indigente antes da decomposição final."

Vingança, como?

* * *

"A bela Iolanda, escreva, anote aí, a bela mulata Iolanda, a passista de faiscantes olhos verdes e perolado sorriso cândido, capaz de levantar as arquibancadas da Avenida Presidente Vargas apenas com o sacudir dos quadris de seu corpo generoso, uma beleza esplendorosa que iluminava as noites sombrias dos cabarés da Lapa, carne fervente dos leitos do amor comprado, sonho de todo homem, invídia de toda mulher, a formosa Iolanda foi ontem derrotada, espere, mais, mais, foi fragorosamente derrotada pelo coração dilacerado por um amor, não, amor não, por uma paixão, uma paixão que... Uma paixão secreta para quem Iolanda deixou uma carta, não, carta é longa, um bilhete sem nome do destinatário, onde se lia, se lia apenas, em caligrafia treinada no colégio de freiras de onde ela fugiu aos catorze anos, não, treze, ou mesmo doze, precoce e fornida, com o trapezista do circo que passou pela cidade, um bilhete onde se lia apenas 'Adeus, amor, seja feliz ao lado de sua família e de seus filhos'."

Iolanda, não.

"A altruísta Iolanda, a desprendida mulata Iolanda, a profissional do amor que manteve a alma pura em meio ao lodaçal do pecado e do vício, Iolanda, que só desejou a felicidade, mesmo às custas da própria vida, a ventura do homem casado que dela queria unicamente o corpo e o prazer. O amor puro da mulata Iolanda estraçalhou sua existência dourada."

Você é um poeta gongórico, Amarantes. Eu não sou poeta. Sou realista. Escrevo sobre o que vejo e testemunho. Não consigo escrever essa elegia a uma beleza esplendorosa que iluminava os puteiros da Lapa, olhando para esta mulher congelada na gaveta.

"Então não olhe. Pense que será a vingança desta patética suicida contra o homem que a humilhava e espancava diuturnamente. Repare nas manchas roxas nos braços, nos hematomas da face, nos lábios rachados pelos sopapos do filho da puta. O cafetão vai ser o primeiro a acreditar na sua reportagem. Vai se amaldiçoar por ter perdido essa fonte de renda. E vai ser sacaneado pelos outros cafetões, pelos malandros, bicheiros e putas por dias, semanas, por meses e meses seguidos."

Não posso. Muito menos usar esse nome.

"Então não chame de Iolanda. Use o nome de uma deusa. Isis. Não, Isis é muito curto. Bernadete. Nome de santa. Veronica! Como a santa que enxugou o rosto de Jesus. A mulata Veronica. Perfeito."

* * *

O editor de polícia da *Folha da Guanabara* queria uma reportagem sobre a decadência da antiga área residencial próxima ao Morro de São Carlos. O suicídio da mulher parda na gaveta 23 era apropriado para sublinhar o declínio da região, a má frequência de desqualificados como ela, a necessidade de demolição das cabeças de porco próximas do Largo do Estácio e sua substituição por novas edificações, capazes de atrair para ali população de melhor nível social e econômico. A ida ao IML e o texto não me teriam sido destinados se, como Amarantes percebeu desde o início, os repórteres mais experientes, e até os nem tanto, não estivessem todos designados para cobrir a intensa movimentação de sindicalistas, soldados, tropas, tanques, ativistas, estudantes, políticos importantes e outros tantos irrelevantes a se aglomerar desde as primeiras horas da manhã nas redondezas da Central do Brasil, em volta e sobre o palanque do comício de João Goulart.

"Com tanta coisa importante acontecendo lá na Central do Brasil, sua matéria vai acabar caindo."

Eu já aprendera que matéria era sinônimo de reportagem entre jornalistas, e cair, um eufemismo para o mais extenso e humilhante ir para o cesto de lixo.

"Escreva de um jeito irrecusável."

Por que não escreve você mesmo, perguntei, irritado.

"Não sei escrever. Sei falar. Sei fotografar. Sei vender uma ideia. Escrever, não sei. Repórteres de polícia não precisam saber escrever. Basta ir ao local, conversar com testemunhas e policiais, depois voltar para a redação e contar tudo para o copidesque. São os copidesques que escrevem as matérias. Os gagos. Os tímidos. Os medrosos. Os intelectuais que querem escrever romances e livros de poemas, aqueles caras lá no fundo da redação."

Lembrei de Otto Maria Carpeaux.

"Quando você não presta como repórter, é para lá que te mandam. Você tem cara de quem presta para reportagem. Você tem cara de quem tem fome."

De que fome ele falava?

"Eu, por exemplo, tenho faro para notícia. Só com uma olhada, sem nem pensar muito, eu sei, eu percebo se estou diante de uma boa reportagem, das que seguram o leitor pelo tornozelo e o derrubam, ou das que vão deixar ele escorregar os olhos e virar a página. A mulata Iolanda, por exemplo."

Veronica, Veronica, não a chame de Iolanda, insisti. E aguardei. Mas ele se manteve calado, me encarando, também aguardando. Esperava uma pergunta, eu sabia qual, e fiz.

A mulata Veronica é uma boa reportagem?

"Mais do mesmo. Com a agitação dos discursos na Central, e o quebra-quebra que os agitadores devem promover por lá e outras áreas do Rio, vai ser muito difícil emplacar mais uma história de uma prostituta insignificante encontrada morta em cima da cama imunda de uma cabeça de porco que o construtor sócio da *Folha da Guanabara* quer botar abaixo. Concorda?"

Eu não sabia se concordava. Porque simplesmente eu não sabia nem da importância da notícia para levar o leitor às propagandas, nem da composição societária da *Folha da Guanabara*, nem se uma reportagem tinha poder de demolir cabeças de porco, menos ainda se aquela mulher da gaveta 23 era uma boa reportagem, a morta que eu agora pensava como aquela pobre mulher da gaveta 23, nem se eu tinha, ou jamais teria, faro para reconhecer em meio àquele cheiro de morte, naquele cômodo cinza e frio, uma boa notícia.

Não sei, respondi sinceramente.

"Claro que não sabe. Está na sua cara. Você acredita no que lhe dizem. Você confia nas pessoas. Você é um bom menino. Esta cidade vai te engolir, meu jovem. Vai triturá-lo e cuspir fora. Tem que ter malícia para sentir o cheiro da notícia. Tem que olhar o que todo mundo está vendo, mas perceber o que ninguém está enxergando. Aquele homem branco e comprido da gaveta 41, por exemplo."

Não me lembrava. Havia aberto outras gavetas até chegar à da mulher que eu não podia chamar de Iolanda.

"Qual a cor dos olhos dele?"

Eu não me lembrava direito. Apenas que eram claros. E que estavam abertos. Como todos os outros ali. Morre-se de olhos abertos, eu tinha aprendido.

"Azuis."

Também não registrara a cor dos cabelos do homem branco da gaveta 41. Ele não era o foco da minha reportagem.

"Louros. Finos e louros. Qual a data do óbito?"

Não sei, não li, admiti.

"Se tivesse lido, veria que este homem de pele branca, cabelos louros e olhos azuis, morto com dois tiros no peito e um no pescoço, com nome, sobrenome e carteira de identidade, está deitado ali na 41 há mais de uma semana. Nove dias, para ser mais acurado."

Isso é notícia, quis saber, genuinamente curioso.

"Raciocine, meu jovem. Como são os outros engavetados?"

Em que sentido?

"Pretos. Pardos. Negros, mulatos, caboclos, cafuzos, mamelucos, todos os engavetados aqui e não reclamados por suas famílias são mestiços. Menos ele. Menos o 41. O seu faro começa a lhe dar algum sinal?"

3.
Montedouro

O bairro de Montedouro nem era bem um bairro. Era mais um enclave, um par de morros ladeando o extenso laranjal, entre o Méier e o Lins de Vasconcelos, de uma chácara chamada Aleppo pelo proprietário original, um imigrante que sonhara com terras férteis e frutas sumarentas em sua árida Síria natal, transformada pelos herdeiros de Samir Azmeh em lotes amplos o suficiente para ali fincar casas de um a dois andares com varanda, garagem, jardim, horta, coradouro, cachorro, árvores frutíferas e filhos, rebatizada com nome mais atraente, lembrando as riquezas do solo brasileiro, louvadas nos discursos do então presidente Getúlio Vargas.

Ali, outro imigrante, o dinamarquês Mathias Robert Boilensen-Hagger, construiu um chalé em estilo normando, onde se instalou com a mulher e o filho, nascido no Brasil.

Quando cheguei à casa da família Boilensen-Hagger, seguindo o endereço manuscrito numa tira de papel do Instituto Médico Legal, encontrei um bairro muito diferente do bucólico Montedouro que atraíra famílias emergentes três décadas antes, com muros cobertos de cartazes de propaganda velhos e recentes pichações de órgãos genitais, lâmpadas e globos quebrados em postes de iluminação, jardins e hortas invadidos por ervas daninhas e pés de mamona, casas com pintura descascando, barracos de madeira e teto de zinco se amontoando nos morros à volta, em favelas dominadas por tráfico de drogas.

O silêncio da manhã suburbana era cortado por sons de algum rádio nas redondezas, de onde vinha a convocação insistentemente transmitida desde o início da semana.

Trabalhadores! Compareçam ao comício das reformas com Jango! Hoje, 13 de março, nesta sexta-feira, às dezessete horas e trinta minutos, em frente à Central do Brasil!

Após breve intervalo de uma marcha militar, o locutor prosseguia.

Avante com as reformas para um Brasil melhor! Brasileiros, vamos progredir com ordem, paz e bem-estar social. Compareça ao monumental comício das reformas com Jango.

Bati palmas do lado de fora. Aguardei. Ninguém apareceu. Procurei por alguma campainha, não havia, ou não encontrei. O espaço do jardim em frente à casa fora cimentado havia algum tempo, deduzi pelas rachaduras no piso e tufos de mato crescendo nelas. As janelas estavam fechadas, exceto duas, bem na frente, cerradas por cortinas pretas. Famílias em luto faziam isso onde fui criado, não sabia ser usual também no Rio de janeiro.

O morto da gaveta 41 vivera naquela casa.

* * *

Bati palmas de novo. Chamei por Dona Lílian. Tive a impressão de ser observado por trás das cortinas. Em alguma outra casa, do lado oposto da rua, um rádio foi ligado, em alto volume. Parecia querer competir e suplantar o vizinho antenado na convocação sindical. Estava sintonizado em uma parada de sucessos escolhidos pelos ouvintes.

Três tiros. O do pescoço rompera a carótida e seccionara a coluna vertebral.

O vizinho sintonizado na parada de sucessos subiu ainda mais o volume de seu rádio.

> *... Em Gioconda fui buscar*
> *O sorriso e o olhar*
> *Em Du Barry o glamour...*

Por que uma família abandona o corpo do filho entre cadáveres de marginais e miseráveis?

> *E para maior beleza*
> *Dei-lhe o porte de nobreza*
> *De madame Pompadour...*

Reconheci a voz empostada de Nelson Gonçalves. Era uma das canções mais tocadas na rádio-vitrola do prostíbulo da cidadezinha onde eu tinha morado até quatro meses atrás. Em lugarejos assim ninguém se importa se você é de menor e frequenta o puteiro. É isso que os bons garotos de família fazem. E até os que não o são, nem as têm. Como eu. Mas capazes de satisfazer a cafetina velha.

Bati palmas novamente e ia gritar por Dona Lílian quando a porta da varanda se abriu. Uma mulher jovem colocou metade do corpo para fora, me observando sem qualquer expressão no rosto. Expliquei, em voz alta, o que me levava ali. Ela fez sinal para eu me aproximar, ao mesmo tempo que entrava e desaparecia no interior da casa. Caminhei até lá. O tom artificial de Nelson Gonçalves, com seus vibratos e erres dobrados, me acompanhou.

> *E assim de retalho em retalho*
> *Terminei o meu trabalho*
> *O meu sonho de escultor*
> *E quando cheguei ao fim*
> *Tinha diante de mim...*

Os olhos dos mortos ficam abertos, se ninguém os cerra. Os do morto da gaveta 41 eram azuis.

> *... Você, só você, meu amor.*

Pedi licença em voz alta, enquanto empurrava a porta.

Dona Lílian já me aguardava, sentada muito ereta no sofá de vime, na saleta junto à varanda. Na penumbra das janelas fechadas, estranhei ela estar de óculos escuros, estranhei o frescor do cômodo em manhã tão quente, estranhei a juventude da mãe de um homem de 37 anos, segundo o documento de Orlando Hagger conseguido por um dos chapinhas do fotógrafo Amarantes nos arquivos do IML, junto com seu endereço no bairro de Montedouro.

Um tiro no pescoço, dois no peito, qual o teria atingido primeiro, qual o teria matado, pensei, enquanto dava bom dia à mãe do morto. Ela não respondeu. Fez apenas um meneio de cabeça, curto, quase imperceptível. Os cabelos, muito pretos, puxados em um coque, destacavam a harmonia impecável de seu rosto sem idade, como foto muito retocada de artista de cinema. Os óculos eram desproporcionais. Faziam seu pequeno nariz arrebitado, demasiado pequeno para um rosto de zigomas tão pronunciados, parecer menor ainda, acima de seus lábios sem batom. A imagem dela, sentada ali, era, só consegui definir muito depois, majestosa. Perturbadora.

"Judith me informou que o senhor queria conversar comigo sobre o corpo do Beto", ela falou, mal eu passara do umbral.

Beto?

"Meu filho."

O rapaz da, pretendi dizer, sem ir adiante, gaveta 41 do IML. Em vez disso, falei pode ser que eu tenha me enganado, a senhora me desculpe, tentei, desconsertado, sem saber se dava um passo à frente ou me mantinha onde estava, o nome do morto, fiz um esforço, isto é, o nome da pessoa lá no, gaguejei, lá no, busquei meio fora de prumo, a carteira de motorista do louro no Instituto Médico Legal estava em nome de Orlando Hagger, empresário, nascido no Rio de Janeiro, filho de, busquei, retirando minhas anotações do bolso do paletó e lendo, na tentativa de driblar um novo engano, filho de Mathias R. Boilensen-Hagger e...

"Meu filho. Sim. Orlando Roberto de Farias Hagger. Ele tirou o nome do meio e meu nome de família quando fez a carteira de motorista. Orlando Hagger. Meu filho Beto. O carro dele ainda está ali fora. O senhor deve ter visto. Um carro azul, grande, não sei a marca, não entendo de carros, não sei dirigir nem tenho interesse em aprender."

Eu vira. Estacionado a uns cinquenta metros da casa. Um Aero--Willys 2600, com pneus banda branca, placa GB 6.07.44. Belo carro, me lembro de ter pensado. Motor de 110 HP refrigerado a água, transmissão de três marchas com tração traseira, 2.638 cilindradas, capaz de chegar a até 120 km por hora. Eu poderia recitar todos os pormenores do automóvel do filho dela. Eu entendia de carros. Principalmente dos primeiros nacionais. Lera todas as revistas e todos os suplementos de jornais sobre carros disponíveis na biblioteca da Instituição. Eu sabia de cor as características do segundo automóvel mais caro fabricado no Brasil, abaixo apenas do Simca Chambord.

"Beto. Como o pai. Os primogênitos, é tradição na família. Robert é dinamarquês. Era. Os nazistas tomaram o sul da Dinamarca, onde Mathias nasceu. Eu o chamava de Mathias. É território alemão até hoje, os aliados permitiram, mas isso são águas passadas. Beto parecia com o pai. Para mim não é Orlando. Sempre foi Beto e continuou sendo o Beto. O senhor é jornalista."

Era a primeira vez que alguém me identificava como jornalista. Me senti, admito, um tanto, como dizer, qualificado. Como um açougueiro inglês, imagino, ao ser chamado pelo nome na fila de cumprimentos da rainha deles. Sou, respondi, possivelmente com quase segurança, quase soberba, além da que realmente experimentava. Ou que seria adequado numa conversa próxima do interrogatório, ou assim eu pretendia, com a mãe de um homem assassinado com três tiros de revólver calibre 32, às nove e meia da noite de uma quinta-feira, ao sair da casa dela, da progenitora, logo após meter a chave, mas antes de abrir a porta, de seu Aero-Willys 2600 azul metálico, agora acumulando fuligem e cocô de passarinho num semibairro do subúrbio carioca.

* * *

Três tiros.

Cinquenta metros não é longe. Dona Lílian pode ter ouvido os disparos. Talvez tenha corrido para saber o que acontecia. Talvez ainda tivesse visto o assaltante fugir. Talvez gritara. Talvez chamara pelo nome do filho. Talvez chegara a tempo de tentar socorrê-lo e ouvir suas últimas palavras. Mas essas perguntas ficariam para depois. Para começar a entender o abandono do homem louro da gaveta número 41, eu precisava, como faria um bom repórter, começar pelo começo.

O corpo do — Orlando? Beto? Roberto? Como deveria chamá-lo? — do seu filho, eu disse, optando pela relação consanguínea, está no morgue há mais de uma semana e a senhora não foi retirá-lo para enterrar. É inusitado que o corpo de um empresário branco...

"O corpo não me pertence", ela interrompeu.

Ele é seu filho, não é, disse, mais negando que perguntando.

Dona Lílian maneou a cabeça. Era um sim ou um não?

"O senhor é casado?"

Foi a minha vez de menear a cabeça. Era um claro não.

"Se fosse casado, saberia que esta entrevista sobre o crime é uma frivolidade."

Interessante combinação de palavras. Irreal, porém. Impressas numa página pareceriam diálogo inventado, um mau Edgar Allan Poe. Talvez Carlos Heitor Cony conseguisse evitar o oximoro, ou seja lá como fosse possível chamar aquela embolada de vocábulos. Eu não saberia como combinar no mesmo texto frivolidade, crime, entrevista, casamento.

"Meu filho era casado."

Entendo, respondi, como desde então passei a fazer sobre qualquer tema que não atinava inteiramente.

"Meu filho não morava aqui."

Entendo, repeti.

"Meu filho morava no apartamento da Viveiros de Castro."

Minha expressão deve ter denunciado minha ignorância.

"Copacabana", esclareceu.

Sim, claro. Entendo.

"Com a esposa."

Sim, claro, repeti, no mesmo truque de parecer compreender o que ignorava.

"O senhor deve ter visto fotos dela."

Me pareceu melhor não dizer nada. Onde poderia ter visto fotos da esposa do morto da gaveta 41, se eu sequer sabia de sua existência antes de o fotógrafo titilar minha fome de notícias?

"Eram antigas. As fotos que saíram nos jornais quando meu filho foi assassinado. Mas ela continua tão bonita quanto na época."

Na época?

"Quando ainda estava nos palcos."

Nos palcos, achei melhor perguntar.

"Quando ainda era *girl*."

Girl? Jovem?

"*Girl* de shows em boates."

Girl de shows em boates?

"*Night clubs* sofisticados", ela pronunciou num inglês que me pareceu impecável. "Em Copacabana, principalmente. *Girls*. Aquelas moças bonitas que descem escadarias de palcos vestidas de plumas e biquínis de paetês, que desfilam de um lado para o outro enquanto um *crooner* canta alguma *chanson* francesa picante, ou alguma Cole Porter *song*, ou músicas brasileiras com *double entendre*, o senhor compreende?"

Compreendo, eu disse, sobre shows que eu nunca tinha visto, com *girls* e *crooners* em *night clubs* do bairro mais trepidante do Rio, onde sonhava viver um dia. Dona Lílian pronunciava sem tropeços as palavras em francês. Em italiano também, eu ouviria em seguida.

"Soraya Palazzo, *la più bella principessa della notte*", ela citou, fazendo um gesto representando uma marquise luminosa, me pareceu. "Realmente *belíssima*, o senhor não achou? Parecia uma dessas atrizes italianas de hoje em dia. Um tanto como a Silvana Pampanini, uma beleza exótica, o senhor não achou? Bela como a *principessa* Soraya, não achou?"

Eu não tinha ideia quem eram Soraya, nem Silvana Pampanini.

"A beleza abre portas."

Concordei.

"A beleza de Soraya é...", ela volteou a mão, em busca de um adjetivo adequado, "... hipnotizante", completou. "Meu filho ficou...", fez novamente o gesto volteante com a mão. Desta vez não completou a frase.

* * *

"Naturalmente Soraya Palazzo não se chama Soraya, nem é de ascendência italiana. O nome dela é Dirce Albuquerque, Dirce Martins, Dirce Costa ou algo parecido. Banal demais para quem pretende ser artista, o senhor não acha? Um pouco mais velha que o Beto. Não muito. O senhor não quer mesmo se sentar? Prefere mesmo ficar em pé?"

Ela ainda não havia me convidado a sentar, não que eu me lembrasse. Calou-se, aguardando minha resposta. Qual tinha sido a pergunta, mesmo? Não disse nada, ela tampouco. O som do rádio do vizinho aliviou o silêncio entre nós. A música era cantada por um tenor jovial.

Esperada, marcianita,
Asseguram os homens de ciência
Que em dez anos mais, tu e eu
Estaremos bem juntinhos,
E nos cantos escuros do céu falaremos de amor...

Puxei a cadeira mais próxima, de um branco encardido e estilo a lembrar vagamente o formato de bambu trançado, o mesmo do sofá onde Dona Lílian estava. Era pesada e fez um ruído incômodo de metal arranhando o piso de cerâmica. O assento estreito e curto, também de ferro fundido, pedia uma almofada para ser usado. Uma cadeira perfeita para deixar a visita desconfortável. Desconfortável era exatamente como eu me sentia.

> *Tenho tanto te esperado,*
> *Mas serei o primeiro varão*
> *A chegar até onde estás*
> *Pois na terra sou logrado,*
> *Em matéria de amor*
> *Eu sou sempre passado pra trás...*

A parada de sucessos prosseguia, agora com um dos muitos roqueiros de nomes duplos surgidos na trilha do jovem americano Elvis Presley. Quem cantava era Sérgio Murilo, ou Ed Wilson, ou Roberto Carlos.

> *Eu quero um broto de Marte que seja sincero...*

Creio que Dona Lílian tinha um lencinho nas mãos. Creio que ela o levou algumas vezes aos olhos, por baixo dos óculos, como quem enxuga uma lágrima.

> *Marcianita, branca ou negra,*
> *Gorduchinha, magrinha, baixinha ou gigante,*
> *Serás meu amor...*

"A vizinhança está se tornando mais ordinária a cada dia", Dona Lílian comentou, conforme a música terminava e outra das mais pedidas pelos ouvintes era anunciada.

Compreendo, foi minha deixa. Mas a senhora estava falando de sua nora Silvana.

"Soraya. Como a princesa do Irã."

Sim, Soraya, Dirce, Copacabana.

"Quando Mathias e eu nos mudamos para cá, Beto estava com seis para sete anos. O senhor sabe qual era a música de maior sucesso em 1934?"

Não, senhora, não faço ideia.

"Eu, tampouco. Não tinha como saber. Aqui no Montedouro não se ouvia música aos berros. Ninguém urrava na janela chamando filhos para a janta, nenhum marido peludo aparecia sem camisa na varanda, nunca havia um rádio alto, muito menos tocando esse tipo de música. Isso foi bem antes da guerra, muito antes do suicídio de Getúlio Vargas, dos enriquecimentos súbitos com a construção de Brasília, antes de Jânio Quadros usar pijamas para receber chefes de Estado e dar medalhas para assassinos como Che Guevara e blefes como o cosmonauta russo Gagárin, antes desse presidente capenga levar nosso país para o comunismo. A vulgaridade tomou conta de tudo. A vizinhança virou isso que o senhor viu. É o progresso, eu suponho."

Entendo, repeti.

"Mobilidade social é parte do progresso, o imigrante tchecoslovaco de ontem pode se tornar o pai do presidente da República de amanhã, vide Juscelino Kubitschek. Aceito. Aplaudo. Minha família veio para cá com Dom João VI e nunca mais voltamos para Portugal, onde os De Farias compunham a corte desde antes de Dom Sebastião."

Nunca fui bom em História, nunca me interessou, exceto a das duas guerras mundiais, sobre essas eu gostava de ler, lia tudo. Fora isso, aprendi apenas o básico para passar em provas na Instituição, Cabral e a descoberta do Brasil, capitanias hereditárias, Independência, Dom Pedro II, Guerra do Paraguai, Proclamação da República.

Dom Sebastião pode ter sido importante para a nobreza de Portugal e os De Farias, mas o que interessava para a minha reportagem era o corpo da gaveta 41.

4.
Boilensen-Hagger

Começara a fazer calor naquele jardim de inverno, de cortinas cerradas. As portas que davam para o interior da casa também estavam fechadas. Eu suava. Dona Lílian, de calças e blusa de mangas compridas, fechada no pescoço com um nó, um laço, alguma coisa assim, nem uma gota. Falava pausadamente e parecia ter prazer em me contar a trajetória da família. Sua atenção me lisonjeava.

"O pai de Mathias morreu na Primeira Grande Guerra, a mãe pegou o filho e embarcou num navio para o Chile. Acabou desembarcando em Belém do Pará, com o dono de uma madeireira que conheceu a bordo, montou casa para ela e internou Mathias num colégio de padres na Bahia. Quando começamos a namorar, ele já morava no Rio e era dono de uma loja de materiais de construção no bairro de São Cristóvão e mais duas, no centro e em Campo Grande. A mãe tinha se casado com um político e banqueiro de tradicional família baiana."

Eu começava a entender sua interpretação de mobilidade social.

"Meu pai era bacharel, como o pai dele, o pai de seu pai, e outros De Farias antes deles. Nunca se humilhariam cuidando de lojas de materiais de construção. A família De Farias tinha boas maneiras, boas louças, bons tapetes que foram sendo vendidos junto com os talheres de prata inglesa e as porcelanas de Limoges, até restarem apenas a amargura de meu pai e nossa casa no bairro de São Cristóvão. Perto do palácio onde tinha morado a família imperial brasileira. Não muito longe de uma das lojas de material de construção de Mathias."

Ela se calou. Compreendi que cabia à minha imaginação completar a história da formação da família De Farias Boilensen-Hagger.

"A empregada está fazendo um cafezinho para nós. Judith. A moça que o recebeu na entrada. Não demora. Estou sentindo o cheiro."

Agradeci a gentileza, disse que não precisava.

"O mundo está em transformação", ela comentou, em tom casual. "Eu sigo a corrente. Me adapto. Mudanças são inevitáveis. E necessárias, muitas vezes. Mas tudo tem um limite. No Brasil, esse limite desapareceu."

Entendo, eu disse ainda uma vez, antes de voltar à razão da minha visita. No caso do corpo do seu filho...

"Ela é a dona."

Ela?

"Lídia."

Lídia?

"Soraya. Dirce. Os nomes dela me confundem."

A vedete é a dona do corpo de seu filho?

"Soraya não era vedete. Essas são da Praça Tiradentes. Outro nível. Vulgares. Desbocadas. Dercy Gonçalves, Virginia Lane, esse tipo de mulheres. Meu filho não se casou com uma vedete. Meu filho se casou com uma *girl* do *night club* mais refinado do Rio de Janeiro, a boate Vogue, de que o senhor seguramente ouviu falar."

Como de tantos outros lugares refinados do Rio, deste eu tampouco sabia nada.

"O proprietário era um barão austríaco, fugido dos nazistas. Tinha vivido em Viena e Paris, as duas cidades mais refinadas do mundo, antes das tropas de Hitler iniciarem..."

Voltávamos aos nazistas, quando meu interesse estava bem aqui no presente, numa gaveta de metal do morgue da Cidade Maravilhosa. Trouxe Dona Lílian de seus devaneios.

A esposa de seu filho trabalhava em boates?

"Era *girl* na Vogue, do barão Stuckart. Parecia uma princesa. Alta, chique, com glamour, com *aplomb*, com certa *finesse*. O senhor viu pelas fotos."

Não vi as fotos, não estava cobrindo esse caso, admiti.

Houve uma pausa mais longa. Se eu fosse um jornalista experiente, ou se conhecesse um tanto mais, nem precisava muito, do jogo entre entrevistado e entrevistador, um tanto mais apenas, com a cautela de um boxeador novato encarando um veterano, deveria ter avançado com prudência, observado atentamente os movimentos do oponente antes de, tão ingenuamente, abrir a guarda dando uma resposta direta numa conversa carregada de obliquidades. O lutador jovem é um tolo, confia no vigor de sua idade. Era tudo tão simples, me parecia. Uma mãe suburbana e nostálgica, tonteada pela dor de perder brutalmente um filho, quase na porta de casa. Fui tolo. E continuei sendo, ao não entender estar lidando com uma oponente sagaz, vivida, sobrevivente de situações com adversários muito mais hábeis do que aquele rapaz ignorante, cheio de vazia autoconfiança. Eu não sabia. Como poderia saber?

* * *

Talvez a lembrança me traia, mas acho que ela sorriu, em meio a uma longa pausa, antes de falar.
"Se não estava cobrindo o caso do assassinato do meu filho, como o senhor veio até minha casa?"
Expliquei que aquele era o endereço na ficha do homem da gaveta 41, obviamente sem chamá-lo assim.
Tolo.
"Mas este não era o endereço dele. O endereço do Beto é em Copacabana. É lá que ele e Soraya moram."
Eu não havia visto a ficha. O endereço me fora dado em um pedaço de papel manuscrito, trazido por Amarantes ao voltar de uma conversa com um de seus informantes do IML.
"Quem?", o tom de sua voz me pareceu ligeiramente alterado ao perguntar, "Quem deu ao senhor meu endereço?"
No Instituto Médico Legal, comecei, percebendo alguma coisa fora de ordem, mas sem atinar onde estava me metendo, lá me deram, já que

estava na ficha do rapaz, do homem que, Orlando, estava na ficha dele como o endereço residencial, estava, e eu vim. Aqui.

"Não", ela foi categórica.

Na ficha, repeti, sem saber como continuar.

"Não."

Num ringue, o lutador pode escolher se entregar ou tentar virar o jogo até o nocaute, dele próprio ou do outro. Eu não estava num ringue. Estava na casa da mãe do morto. E nem sabia muito bem como tinha ido parar ali.

"Não."

A empregada entrou na sala. Não usava uniforme, reparei. Trazia uma bandeja. Colocou sobre a mesa, entre Dona Lílian e eu. Havia um prato com biscoitos, um açucareiro, uma única xícara de café, já servido. Dona Lílian indicou para eu me servir. A empregada se mantinha de pé, a meu lado.

"Pode ir, Judith", comandou.

A empregada afastou-se. Antes de abrir a porta para o interior da casa, acendeu a luz. Dona Lílian levou a mãos aos olhos, cobrindo-os. Judith apagou a luz. E continuou no jardim de inverno.

"Não sei se peguei uma conjuntivite, ou se", Dona Lílian começou a explicar, sem concluir a frase. Eu deveria completar mentalmente "tenho chorado muito pela morte de meu filho", algo assim? Não o fiz. Ela voltou a indicar a bandeja, o cafezinho, os biscoitos. Obrigado, não, eu disse, não tenho fome.

A empregada veio até nós, pegou o prato dos biscoitos, trouxe-o para perto do meu rosto, mais perto do que eu esperava. Só então notei sua semelhança com Dona Lílian. Tinham o mesmo tom de pele alva, cabelos muito pretos presos em coque, nariz curto em rosto de zigomas pronunciados e nenhum desequilíbrio de traços, uma perfeição que só vira, novamente a comparação me ocorria, nos retratos de artistas do cinema. Seus olhos claros, muito claros, amarelos como âmbar, se desviaram dos meus e, sem perceber, movi a cabeça um tanto bruscamente, pegando-a de surpresa e levando-a a puxar a mão como para se defender, um gesto ativo que uma empregada bem adestrada não deveria fazer, acabando por derrubar alguns biscoitos sobre o tapete, que ela imediatamente se abaixou e recolheu, recolocando-os de volta no prato, e o prato sobre a bandeja. Mesmo um sujeito tosco, criado em uma instituição onde cuspíamos na sobremesa para evitar que outros internos se apossassem dela, percebe que a moça não tinha sido instruída nos mesmos bons modos da casa dos bacharéis do bairro de São Cristóvão.

Obrigado, não tenho fome, repeti, mentindo mais uma vez. Eu tinha. Fome. Mas tinha também aprendido a conter-me e passar longas horas sem comer, até o copo de leite no botequim da esquina, antes de chegar à pensão para tomar uma chuveirada e dormir. Não tenho fome era a minha mentira mais frequente.

"Pode ser uma água, está calor, o senhor deve estar com sede", Dona Lílian pareceu afirmar e perguntar ao mesmo tempo, virando o rosto para a empregada num comando surdo, respondido com a saída e o breve retorno da moça, trazendo um copo com líquido amarelo sobre um prato de louça branco, com alguma decoração nas bordas. Me pareceram flores. Eram peixes. Ou algo semelhante a peixes.

Não, disse de novo.

"É suco de manga do quintal", sussurrou a empregada, num sotaque cantado, imediatamente acrescentando "eu que fiz no liquidificador, está bem docinho, mas aí o senhor tem o açucareiro, pode botar mais se achar que não está doce como o senhor gosta", deixando o prato sobre a mesa de centro, ao lado da bandeja com café, e saindo. A música de seu fraseado era levemente nordestino? Nortista?

* * *

"O delegado do caso foi amigo do meu marido, não permitiu anotarem meu endereço", Dona Lílian disse, logo após a saída da empregada. "Não foi no morgue que o senhor obteve meu endereço. Aqui não era a casa do Beto. Tem nove anos que o endereço do Beto é em Copacabana. Era", corrigiu-se. "O senhor nem tocou no seu copo. Por que o senhor veio aqui? Beba. Está fresco, Judith acabou de fazer. Por que o senhor está fazendo reportagem sobre", ela hesitou, "isto? O caso já acabou."

Fiz a pergunta correta para um repórter de polícia, noviço ou veterano: seu filho tinha inimigos?

"Beto foi estupidamente assassinado por um assaltante drogado, que fugiu e sumiu por uma dessas favelas que estão surgindo aqui no bairro. Acabou só levando o relógio. A polícia chegou ao bandido por uma denúncia anônima. Era um preto maconheiro e desdentado. Atirou nos policiais com o mesmo revólver que matou meu filho. A polícia reagiu, o bandido morreu na hora. Já tinha vendido o relógio."

Deve ser duro uma mãe testemunhar o assassinato do filho, disse-lhe, sem gaguejar.

"Eu estava vendo televisão com a Judith, a empregada que lhe trouxe o suco, era o momento das respostas premiadas de *O céu é o limite*.

O céu...?

"É o limite. O programa de perguntas e respostas da TV Tupi. O senhor não acompanha?"

Na pensão em que morava havia um televisor na sala. Ligado apenas algumas horas da noite. Repórter Esso, me lembro de ter visto. E só. Nunca fui muito de assistir à televisão. Não gostava daquela telinha em preto e branco, sempre com imagem distorcida. Televisão não era meu assunto para entrevista com a mãe de um homem esquecido numa gaveta do IML, morto praticamente em frente à casa dela.

"Quem chega ao final pode ganhar um carro. Ou uma viagem para a Europa. Ou o que o candidato quiser. O céu é o limite, entende? O Beto tinha acabado de se despedir."

A senhora então viu quando o assaltante atacou seu filho?

"Beto só disse *Benção, mãe*, e saiu. Estávamos os três vendo *O céu é o limite* na sala de jantar, com o som alto, o Beto, a Judith e eu, ele levantou, avisou que ia para casa, eu e Judith continuamos vendo televisão.

Só quando os vizinhos começaram a gritar foi que percebi que tinha acontecido alguma coisa de errado. De muito errado. Cheguei tarde demais. Ele já estava. Morto. Beba seu suco de manga. Precisa de açúcar?"

Precisava. Gosto de bebidas bem doces. Tomei. Não deveria. Estava de barriga vazia, pesou.

"Soraya. Ela é a dona. Do corpo. De Beto. É a mulher dele. Dirce. Só a esposa pode decidir o que fazer com ele. Com o corpo. Ela estava viajando quando mataram o Beto."

Sua nora ainda não voltou da viagem, perguntei, não avisaram para ela que o corpo do marido, do seu filho, o corpo do Orlando...

"Beto."

Sua nora viajou com os filhos?

"Eles não têm filhos."

Sua nora não sabe que o corpo do marido está no Instituto Médico Legal há nove dias?

"Soraya estava fora em algum lugar, é tudo que sei. No México, na Argentina, não sei onde, nem me interessa."

Era mais um vetor que eu não conseguia equacionar, uma esposa que viaja ao exterior sem o marido. Diversão? Trabalho?

Minha pergunta foi, uma vez mais, pertinente. A senhora tentou falar com ela?

"Soraya foi a mulher que o Beto escolheu, o pai aprovou, deu o apartamento, não temos por que ficar nos falando. O que acontece entre um casal só interessa ao casal."

Mas enquanto isso o corpo do seu filho está, relutei, mas disse, congelado dentro de uma gaveta, empilhado ao lado de mendigos, marafas, dezenas de mortos desqualificados, falei, quase como o advogado de um réu injustamente acusado de um crime torpe.

"Sou espírita. O que está lá é apenas o invólucro, Beto já foi para outra dimensão."

Lembrei do rosto cor de papel, os lábios arroxeados, os olhos azuis semiabertos, o corpo longo dentro da gaveta de metal, as três marcas onde as balas entraram. Senti frio, como se estivesse eu depositado ali.

A senhora sabe o que acontece com os corpos não reclamados, depois de um prazo?

"Sei."

Não se importa?

Dona Lílian fez uma pausa, curta, baixou levemente a cabeça, pareceu dar um suspiro, levantou o rosto, olhou para mim, embora eu não tivesse certeza para onde se moviam seus olhos por trás dos óculos escuros. Achei que estava a ponto de me botar para fora de sua casa. Ou cair em prantos.

"Sim", disse finalmente. "Me importo. Me importo, sim, me importo, mesmo que aquele casulo não seja mais o Beto, me importo, claro que me importo. Me importo. Mas o corpo pertence à Soraya. Quem tem os direitos legais é ela. É com ela que o senhor tem de falar."

Para encontrá-la, eu precisava do endereço.

"Eu lhe darei."

Pedi também indicação sobre como ir de ônibus ou lotação até Copacabana. Eu andava meio como um cego pelas ruas do Rio de Janeiro. Os nomes nas placas não significavam nada para mim. Eu era um ignorante e isso não era, ao contrário do ditado, uma bênção. Por enquanto, sabia apenas como ir da rodoviária na Praça Mauá até a pensão no Catumbi, da Haddock Lobo até o Campo de Santana, dali até a redação da *Folha da Guanabara*, na Rua do Livramento, conheci alguns trechos do Catete e do Flamengo, estive nos arredores da Praça Saens Peña, na Tijuca, em busca infrutífera de outro trabalho de datilografia, caminhei por muitas ruas do centro, próximas do cartório, aprendi a tomar o bonde que ia da Praça XV até o Alto da Boa Vista e, desde aquela manhã, o percurso do jornal até o Instituto Médico Legal, e dali até o bairro do Montedouro. A Copacabana tinha ido apenas uma vez. Precisava tomar um ônibus cujo trajeto evitasse a aglomeração da Central do Brasil.

"O senhor irá depois ao comício?"

Não, senhora. Não ligo para política. Não faz a menor diferença em nossas vidas, a senhora não acha?

Não me lembro o que ela respondeu. Nem se respondeu.

Dona Lílian se levantou, estendeu a mão em despedida. Também me ergui, apertei sua mão longa e fria. Era mais alta que eu. O corpo, esguio como o do filho, parecia o de uma adolescente aguardando definição de formas adultas.

A senhora é tão jovem, me ouvi dizendo, com alguma incredulidade de minha audácia. Ou seria admiração. Outra mulher talvez se sentisse lisonjeada.

"Que bobagem", reagiu, enquanto escrevia na parte de trás da folha pautada de um caderno de endereços. Usou um lápis. Checou duas vezes o endereço do filho, antes de me entregar o papel. Escrevera desenhando as palavras com esmero, como fazem os que treinaram caligrafia.

"Não espere por ônibus lotação. Devem estar abarrotados. Por causa do comício. Tome o ônibus Méier-Copacabana. O ponto é bem em frente à estação de Montedouro. É a linha 45, que vai até o final de Copacabana. O senhor deve saltar logo na primeira parada, depois do Túnel Novo."

Túnel Novo, entendo, disfarcei.

"O senhor usa carteira? Pois coloque, então, no bolso da frente da calça. Tem muito batedor de carteira nos ônibus. Eles olham para o senhor e veem logo que. Hesitou. Que o senhor é. Que o senhor não é. Daqui."

Tenho cara de roceiro. Eu sei. Nunca perderei a cara de jeca. *Você sai da aldeia, mas a aldeia não sai de você.*

"O suco de manga. Não gostou?"

Bebi o pouco que restava no copo. Não deveria. Mas bebi. Me despedi, saí, fui para a ladeira que desembocava em frente à estação de Montedouro. Meu intestino começava a dar sinais inquietantes. Apressei o passo. Senti uma tonteira. Apoiei-me num muro. Senti um líquido morno descendo por minhas pernas. Sentei-me para não cair. Meu estômago fez uma contração. Gemi. Um gosto azedo subiu pela minha garganta, invadiu a boca, jorrou na calçada. Ainda vi os sapatos pretos, ou marrons, caminhando na minha direção, antes de não ver mais nada. Sapatos de mulher.

Ou não.

5.
Soraya

Eu estava nu e molhado. Tomara um banho? Como poderia tomar um banho? Onde tomei banho? Quando tomei banho? Onde eu estava antes? Antes de quê?

Tentei levantar o corpo, não consegui. Ergui a cabeça. Vi uma janela basculante estreita bem acima. Fechada. Com um buraco do tamanho de uma bola de tênis no vidro de uma das abas. Havia um intenso cheiro de vômito no cômodo. Exalava de mim. Estava quente ali. Onde era ali? Como chegara ali? Alguém me dera um banho? Quem me dera banho? Quem me lavara não fizera um bom trabalho.

A voz de um locutor solene penetrava no cubículo.

... cercada de entusiasmados populares portando bandeiras, flâmulas, cartazes e faixas com palavras de apoio, incentivo e aplausos aos ideais de justiça social e reformas constitucionais...

Meu cubículo era um quarto de empregada. O menor espaço possível onde enfiar a doméstica que lava, passa, cozinha e ainda pajeia os filhos dos patrões. Conheci vários, procurando onde morar no Rio de Janeiro. Os cariocas pendurariam suas empregadas, como uma vassoura ou um rodo, se a lei permitisse.

... do governo do senhor João Belchior Marques Goulart, o vigésimo quarto mandante a ocupar o cargo supremo de nossa República...

Tentei me erguer, a tonteira voltou, apaguei. Isso se repetiu outra vez, ou algumas vezes, não me recordo direito. O arauto continuava ferindo meus ouvidos.

... o vigésimo quarto mandante a ocupar o cargo supremo de nossa República, ansiosamente aguardado por verdadeira multidão que transformou as ruas próximas à Praça Cristiano Ottoni em verdadeiros afluentes de um rio maior, representado pela Avenida Presidente Vargas...

Quando consegui firmar os cotovelos e sentar-me, vi meus pés com as mesmas meias pretas calçadas de manhã. Nu, de meias. Fediam.

Tropas da infantaria e da cavalaria cercam o entorno do Ministério da Guerra, em cujas janelas se postam observadores munidos de binóculos e fuzis, voltados na direção da palanque erguido para o comício...

Levantei-me, zonzo ainda, girei a maçaneta. Saiu na minha mão.

Nossos repórteres instalados na calçada da Avenida Atlântica, em frente ao edifício onde o presidente João Goulart mantém um apartamento, ao lado do famoso Hotel Copacabana Palace, têm mais informações sobre os próximos passos de Jango...

Empurrei a porta, bati o ombro contra ela algumas vezes, sem resultado. Eu estava trancado em um local desconhecido, por razões que ignorava. E nu. E fedendo. Deveria ter sentido medo. Seria normal sentir medo. Seria saudável sentir medo. Mas estava tonto demais, e era ignorante demais, para ter consciência do redemoinho em que fora jogado. Não sabia distinguir os diferentes cheiros de morte. Nem quão perto estava dela.

É de lá que fala o repórter Francisco Nogueira. Boa tarde, meu caro Nogueira, conte para os nossos ouvintes como está sendo a movimentação aí, no aguardo de sua excelência, o presidente da República.

"*Boa tarde, meu caro colega Reinaldo Ramos, boa tarde ouvintes da Rádio Nilo Peçanha PRK-12. Por aqui...*"

Comecei a suar frio e sentir agulhadas pelas recurvas do intestino. Meus ombros doíam. A zonzeira voltou. Sentei-me entre a cama e a porta trancada. Apoiei as costas contra a lateral do catre e bati os pés contra a porta, o mais forte que consegui. Doeu, mas continuei, uma, duas, várias vezes até as dobradiças se afrouxarem, a de cima se soltar e a porta ficar pendurada. Vi um tanque de lavar roupa logo à frente. Levantei-me. Caí novamente de bunda na cama, tonto e com dificuldade para raciocinar. Quando finalmente pude me erguer, pisei sobre a porta, saí.

* * *

A voz do repórter em frente ao entra e sai no edifício de João Goulart ecoava pelas paredes brancas azulejadas até o teto.

... diversos colaboradores de João Goulart já passaram aqui, pela residência carioca do excelentíssimo senhor presidente da República, inclusive aquele que vem sendo cotado para o futuro Ministério da Reforma Agrária a ser criado, o advogado fluminense Sávio Jannuzzi Felix...

Eu estava numa área de serviço comprida, debaixo de dois varais de alumínio pendurados no teto, um com roupas a secar. Eram as minhas calças e cueca. O paletó não estava à vista. Nem meus sapatos. Nem a gravata.

Peguei as roupas, vesti-me. Onde estariam meu dinheiro, a identidade, a carteira de trabalho?

Fui à copa-cozinha, fucei armários, gavetas de talheres, compartimentos de legumes e frutas da geladeira norte-americana, no congelador, atrás do fogão, no forno, dentro da lata de lixo. Nada encontrei.

Abri a porta para o interior do apartamento, vi um corredor às escuras, mexi no interruptor, nenhuma luz acendeu. Ouvi, ao fundo, uma voz feminina. Vinha do fundo do corredor. Cantava. Baixinho. Vagamente. Uma gravação. Fui ao encontro dela. Não deveria. Foi uma má decisão. Mais uma má decisão, naquele dia.

Na penumbra, não consegui distinguir direito as fotos penduradas pelas paredes. Pareciam de uma mesma mulher, de nariz pequeno e arrebitado no rosto de traços perfeitos como uma atriz de Hollywood, emoldurado por cabelos platinados, lábios entreabertos. Na foto de maior tamanho, usava um turbante encimado por penachos, os seios e o sexo ocultos por uma estola, talvez de pele branca, ou tecido branco, pálido como parecia pálida a mulher retratada.

A voz na canção estava mais próxima. Reconheci o timbre cálido, levemente rascante, inconfundível, de Sylvia Telles. Vinha do último cômodo.

... Deixa, Dindi,
Que eu te adore,
Dindi.

A canção se encerrou com mais alguns acordes. O apartamento ficou silencioso. Cheguei perto. Nenhum ruído, nenhuma voz vinha de dentro do último quarto. Então, ouvi o som de agulha na superfície de um disco. Em seguida, tons de harpa, ou violino, ou o que quer que fosse que introduzia a mesma canção e voz que acabara de ouvir.

Céu, tão grande é o céu.
E bandos de nuvens que passam ligeiras
Pra onde elas vão,
Ah eu não sei, não sei...

Encostei o ouvido na porta. Não ouvi nada, senão a voz de Sylvia Telles. Quem quer que estivesse lá dentro, repetindo a mesma música em alguma vitrola, movimentava-se muito suave e silenciosamente. A mulher pálida do retrato? Descalça, provavelmente. Sobre tapetes espessos, imaginei, brancos, como a estola que escondia sua nudez.

> *E o vento que fala nas folhas*
> *Contando as histórias que são de ninguém...*

Bati na porta. Não houve resposta. A música podia estar alta lá dentro. Bati de novo, um tanto mais forte. Do quarto, eu imaginava que deveria ser um quarto naquele final de corredor, só vinha a voz amorosa de Sylvia Telles.

> *Ah, Dindi,*
> *Se um dia você for embora*
> *Me leva contigo, Dindi...*

Girei a maçaneta. Não deveria, eu sei, agora eu sei, não apenas por estar marcando minhas impressões digitais na bolota de porcelana, mas porque o correto, desde o começo, teria sido ir embora, saído daquele apartamento mesmo sem minha pouca grana ou a carteira de trabalho, sumir dali, pedir carona, pedir alguém para pagar a passagem de ônibus, qualquer coisa que me afastasse da maquinação que me conduzia por que merda de planos fossem aqueles, mas, naquele momento, com a música dengosa a se repetir, eu não desconfiava de nada, nem tinha como desconfiar de nada, e apenas segui meu impulso, meu idiota impulso, de meter a mão na porra da bolota de porcelana branca.

Ali era mesmo um quarto. A vitrola estava aberta, o braço sobre o disco 45 rpm a rodar, a voz acariciante de Sylvia Telles envolvendo o amplo espaço iluminado apenas por uma fresta na cortina branca que descia do teto até o espesso tapete branco, onde ela estava deitada, pálida e bela como nas fotos do corredor, a camisola branca se tingindo do sangue a jorrar de seu pescoço cortado de orelha a orelha, espalhando-se pelo tapete. Apertava algo na mão esquerda. Parecia uma camisa. Era uma camisa. A minha camisa.

Na vitrola, os doces acordes repetiam as juras.

> *Aonde vão? Eu não sei*
> *A minha vida inteira, esperei, esperei*
> *Por você, Dindi*
> *Que é a coisa mais linda que existe*
> *Você não existe...*

* * *

Copacabana é um labirinto. Por seus cânions ensombrados, perdem-se crianças e geógrafos, micheteiras e senadores, confeiteiros, cartomantes, sobreviventes de Ravensbrück e refugiados do Cariri, madames enlaçadas a poodles e enfermeiras apascentando anciãos, turistas, travecos, milicos e misses, feirantes, enfermeiras, pregadores, editores de revistas semanais, cineastas bissextos.

E princesas da noite.

E rapazes invisíveis sobre quem eu nada sabia. Ainda.

O labirinto fora o caminho de um deles para uma gaveta no Instituto Médico Legal.

E ali estava eu, entre os perdidos do labirinto. Invisível, como todos os outros. Ninguém parou para me olhar. Mesmo seminu, descalço e cheirando a vômito mal lavado. Eu estava em Copacabana, afinal, bem no centro do labirinto de Copacabana, descobri, ao ler as placas convergentes das Ruas Viveiros de Castro e Rodolfo Dantas. O mar estaria perto. Um banho nele eliminaria meu fedor.

Soraya Palazzo. Lídia. Não, Selma. Não, Dirce, Edite? Seus nomes me confundem, como confundiam Dona Lílian. Dirce. Soraya. A mulher pálida no chão do quarto branco onde uma canção romântica se repetia, degolada sobre o tapete branco empapado do sangue em que pisei ao me inclinar para vê-la e fui deixando marcas, em seguida, pelo corredor, a copa, a cozinha, a área de serviço onde larguei as meias, a torneira do tanque que abri para lavar as mãos ensanguentadas, os borrões de meus dedos nos azulejos, na chave da porta do vestíbulo, nas paredes da escada, no portão da entrada de serviço do prédio, minhas mãos ainda encardidas, por mais que as esfregasse.

Bela como uma princesa persa.

O corte no pescoço, de orelha a orelha, curvo, como um sorriso torto. A mão esquerda segurando minha camisa, ensanguentada, botões arrebentados.

* * *

Foi fácil encontrar o mar, bastou seguir o primeiro sujeito descalço, de short e sem camisa que encontrei. Cruzei com outros tantos, e mulheres bronzeadas cobertas apenas por sutiãs e algum pano enrolado nos quadris, até avistar o risco azul, ao final da rua. Reconheci, à direita, uma construção de oito andares, como saída de um descorado cartão-postal da costa francesa nos anos 1920, as paredes externas denunciando abandono e necessidade de pintura, o antigamente famoso Copacabana Palace. Percebi uma aglomeração na calçada do prédio ao lado direito. Alguns flashes estouraram. Os jornalistas, lembrei. Rodeados pelo povaréu curioso, imaginei. Aguardando a saída do presidente, tive certeza.

Esperei inutilmente que o semáforo fechasse, acabei tendo de fazer como os cariocas e cruzei a avenida de mão dupla me desviando de um Nash preto, depois de um Chevrolet Impala cinza metálico, seguido de uma Vemaguet verde, alcançando a calçada de pedras portuguesas com desenhos de ondas logo antes de um Oldsmobile azul-escuro arremeter contra mim. Corri pela faixa de areia estreita e quente, com a dificuldade oculta de sempre, entre guarda-sóis e esteiras de palha, mergulhei de cabeça. A água estava fria e transparente. Me deu um alívio imediato.

Deitei-me no raso, deixando-me cobrir seguidas vezes pela sequência de ondas pequenas do mar calmo. Havia mães e crianças à beira d'água, duas velhas sentadas em cadeiras dobráveis de alumínio, coroas atléticos a jogar peteca, gemendo alto a cada saque, insultando-se camaradamente uns aos outros.

A três quarteirões dali, o sangue da *più bella principessa della notte* coagulava sobre o espesso tapete de seu quarto. No morgue da cidade, o corpo de seu marido, morto por três balas calibre 32, havia nove dias aguardava sepultamento na gaveta 41. No centro do Rio, cento e tantas mil pessoas se espremiam à espera do anúncio das medidas sociais mais radicais em 75 anos de República brasileira. Nada disso, muito menos minha aflição anônima, alterava ou alteraria a rotina dos banhistas de Copacabana. Seriam, no máximo, tópicos de papo à beira-mar ou à mesa de chope. A vida é indiferente aos que ficam pelo caminho. A vida continua, como as sessões de teatro no West End enquanto Londres desmoronava sob as bombas da Luftwaffe, e a venda de pães e casacos pelo comércio de Varsóvia, por trás das vitrines diante das quais famílias judias eram tangidas aos trens que as levavam para Treblinka.

A guerra acabou há apenas dezenove anos e ninguém mais lembra.

Melhor para os que a causaram. E lucraram.

A guerra continuava afetando vidas, porém.

Afetara a minha.

Aqui.

No Brasil.

Eu não tinha ideia quanto.

Ou como.

Ainda.

Nadei para longe da troca de receitas de pudim, imprecações de machos grisalhos, uivos da gurizada, para além da arrebentação. Foi menos difícil do que imaginei, para quem até então só nadara em piscinas e rios. Logo estava boiando, as orelhas cobertas pelo Atlântico, ouvindo apenas o rumor das águas e de minhas inquietações.

* * *

Hoje muito cedo chegara à redação deserta da *Folha da Guanabara* e mais uma vez implorara uma chance ao pauteiro, que mais uma vez repetiu que eu precisava antes convencer algum editor de alguma seção, qualquer seção, a me designar a alguma missão, qualquer missão, além de atender telefonemas e aguardar sinal para discar, como vinha acontecendo desde que um conhecido de um outro conhecido do diretor da Instituição fora persuadido a aceitar como estagiário um ex-interno do abrigo para órfãos e jovens infratores, um rapaz de dezenove anos e sete meses supostamente com jeito para escrever, algum conhecimento de francês, inglês e das cinco declinações latinas, habilidade para decifrar até a caligrafia mais intrincada, diploma de curso completo da Escola Remington de Datilografia, competente a ponto de bater cem palavras por minuto, atualmente empregado em regime de meio expediente no Vigésimo Oitavo Cartório de Registros de Imóveis do Estado da Guanabara.

Apenas algumas horas depois eu me tornara fugitivo, testemunha, cúmplice, conivente, comparsa, parceiro involuntário de um crime, ou seriam vários, minhas impressões digitais emplastradas pelo apartamento onde uma mulher jazia decapitada no piso de seu quarto, segurando a camisa arrancada do homem que as evidências apontariam como seu agressor e assassino, o idiota, o inocente útil, bode expiatório, pateta, imbecil, babaca, tantos substantivos poderia escolher, nenhum adequado para minha burrada.

Nada do que estava acontecendo fazia o menor sentido, e isso não era consolo nem novidade para mim. Nada fazia, desde o carro derrapando em alguma poça de óleo no asfalto molhado da rodovia Rio-São

Paulo, rolando a ribanceira da Serra das Araras, girando e quebrando para-brisas, volante, caixa de mudança, faróis, eixo, bancos, galhos de árvores, até finalmente aterrissar, os pneus banda branca para o alto, a cabine amassada como uma bola de papel, numa ravina oculta de quem passava pela pista, em meio a uma das furiosas tempestades do verão de 1947.

Eu tinha três anos, oito meses e seis dias. Minha irmã completara sete anos duas semanas antes. Me lembro de um bolo com velas, que Elisabeth apagou de uma soprada só e eu pedi para acenderem de novo, pois queria fazer o mesmo, e fiz, mas isso pode ter sido contado para mim depois. Ou eu imaginara. Minha irmã gostava de cantar e me ensinara a canção que aprendera com nossa tia e havíamos cantado diante do bolo com velas, a mesma que cantávamos no banco de trás, um de cada lado de nossa tia, quando o Mercury cor de refresco de groselha, pois eu designava cores segundo as conhecia no mundo, cor de café, de ovo, cor de tomate, quando o Mercury 1939, modelo Sedan duas portas, ideal para o transporte seguro de crianças, motor V8 com tração traseira, o primeiro automóvel cujas características memorizei e consigo descrever até hoje, voou sobre o que restava de Mata Atlântica, enquanto no banco de trás Elisabeth e eu cantávamos, de cada lado de nossa tia a marcar o ritmo com palmas suaves no joelho.

> *Hoje é o dia do teu aniversário*
> *Parabéns*
> *Parabéns*
> *Fazem votos que vás ao centenário*
> *Os amigos sinceros que tens...*

* * *

Nadei de volta à areia, sequei-me um tanto enquanto caminhava na direção oposta ao Copacabana Palace e ao rebuliço de jornalistas. O sol pinicava minha pele grudenta pela água salgada. Ao menos não cheirava mais a vômito. Nem tinha as mãos manchadas de sangue.

Subi à calçada, sentei-me num banco à sombra de uma amendoeira, ao lado de uma babá com um carrinho de bebê. Ela levantou-se imediatamente, afastando-se a passos rápidos. Meu aspecto não era dos melhores, mesmo no bairro dos desenganados. Preciso voltar ao Catumbi, tomar um banho, procurar Amarantes, eu sabia. Mas não sabia como nem por onde começar. Ademais, não tinha um tostão.

A solução sentou-se a meu lado.

Na Instituição havia dois senhores a quem nós, internos, recorríamos por favores especiais. Ao professor de canto orfeônico, para obtermos boas notas que nos livrassem de trabalhos pesados como carregar botijões de gás para a cozinha ou fazer a faxina dos banheiros. E ao administrador da despensa, por latas de salsichas ou biscoitos recheados. Os dois velhos não exigiam muito. Apenas nos apalpar e, vez por outra, um pedido para nos mamar. Não precisávamos nem tirar a roupa. Eles abriam nossas braguilhas e pronto, se satisfaziam e a nós.

O velho sentado ao meu lado tinha o mesmo tipo empertigado do professor Eurípedes. Me fitou da mesma maneira avaliadora do mestre de canto orfeônico, começando nos meus pés descalços, parando antes da cintura, depois subindo ao meu peito, até chegar a meu rosto, logo desviando os olhos para o trânsito, enquanto tentava puxar conversa sobre o calor, como eu estava suando, se queria tomar um refrigerante, algo assim. Eu não podia perder tempo, fui direto.

Estou precisando de dinheiro para ir para casa.

"Meu apartamento é aqui perto", o professor Eurípedes de Copacabana falou, após breve sobressalto, "na Prado Júnior."

Tem alguma camisa lá para me dar?

"Tenho", respondeu.

Levantei-me. Esperei que se levantasse, atravessamos a Avenida Atlântica entre os carros, caminhamos duas quadras sem dizer palavra, entramos pela porta de serviço e banhistas em um prédio sem porteiro. O elevador era apertado, ele tentou me apalpar, não deixei.

Saímos no quinto andar, num corredor de inúmeras portas. Por trás delas vinham sons de vozes, panelas, uma mulher xingando alguém, um rádio alto transmitindo a convocação de Paulo de Melo Bastos, secretário do Comando Geral dos Trabalhadores, que, de tanto ouvir no transistor de outro morador da pensão desde meados de janeiro, eu sabia quase de cor.

> *... Junto com o presidente da República, os trabalhadores saberão dar a resposta conveniente àquelas forças que não acreditam que as reformas de base tirarão nosso país do subdesenvolvimento...*

O professor Eurípedes de Copacabana abriu a porta do apartamento 517. Entramos. Ele quis aproximar o rosto do meu, afastei-o.

"Quer beber alguma coisa?"

Água, eu disse.

Havia uma geladeira pequena, com uma bandeja em cima, alguns copos, uma garrafa de conhaque. Uma cama de solteiro sob a janela, a luz filtrada por uma cortina de plástico opaca. Ao lado, uma cadeira. Pendurada no encosto, uma camisa xadrez. Nenhuma mesa. Nenhum armário. Nenhum quadro na parede.

Ninguém mora aqui, falei.

"Venho quando tenho companhia", murmurou, me estendendo o copo de água gelada.

Tomei inteiro, coloquei na bandeja. Cheguei perto dele, empurrei-o pelos ombros até se ajoelhar, abri a braguilha.

Quis tirar antes de terminar, mas ele continuou sugando e engoliu tudo.

Fui até à cadeira, vesti a camisa. Não dava para fechar. Melhor que nada. Eu seria apenas mais um carioca suarento de camisa aberta no ônibus quente.

Tem algum sapato, perguntei.

"Um chinelo, embaixo da cama."

Era um chinelo de velho, como o do professor Eurípedes da Instituição. Experimentei. O pé era menor que o meu. Calcei-o assim mesmo. Melhor que descalço.

Ele puxou a carteira do bolso de trás da calça, abriu, pegou algumas notas e me estendeu. Não disse nada, nem olhou para mim. Como se faz com um esmoler na porta da igreja. Peguei duas cédulas, devolvi as outras.

"Pode ficar com todas."

Saí sem responder. Eu só precisava daquelas duas para pagar o ônibus até a pensão.

6.
Anschluss

Neste momento são exatamente doze horas e quarenta e um minutos aqui na Praça Cristiano Ottoni, no coração do Rio de Janeiro, próximo ao Palácio Duque de Caxias, sede do Ministério da Guerra, nas imediações da estação da Central do Brasil...

No bairro do Montedouro, entre o Méier e Lins de Vasconcelos, a Rua Benjamim Valladares, onde morava Dona Lílian de Farias Boilensen-Hagger, estava deserta, sob o sol de verão.

... onde continuam chegando trens provindos de todos os subúrbios da antiga capital federal, abarrotados de proletários prenhes de esperança no futuro melhor que começará a se concretizar conforme brotarão das palavras a serem proferidas pelo Excelentíssimo Senhor presidente da República João Goulart, no comício previsto para começar às...

As famílias almoçavam, imaginei. Ou já tinham comido e as esposas lavavam a louça, os filhos despachados para as escolas, os maridos a cochilar no sofá da sala, antes de voltar para o trabalho em algum consultório ou loja nas redondezas, surdos ou indiferentes à transmissão radiofônica em cadeia nacional dos acontecimentos no centro da cidade, entontecidos pelo calor, o mesmo que me fazia molhar de suor minha outra camisa social branca vestida às pressas na pensão no Catumbi, com minha outra calça cinza, ambas de tecido sintético pois não amassavam nem perdiam o vinco, ideais para o bom aspecto de um jornalista, como meu outro paletó cinza dobrado no braço, os dois ternos, o sumido ou destruído no apartamento de Soraya/Lídia/Dirce Palazzo/Albuquerque/ Costa e este. Ambos comprados em seis vezes sem juros, me fiando em uma efetivação no quadro de repórteres da *Folha da Guanabara*. Calçava os mesmos velhos sapatos surrados dos tempos da Instituição. Foram os que me sobraram. Precisavam de graxa. Eu não tinha tempo para isso.

Também hoje, aqui no Rio de Janeiro, nesta sexta-feira histórica para o povo brasileiro, o chefe da nação, estendendo o alcance da democracia além dos perímetros urbanos, contemplando os sofridos camponeses que compõem mais de sessenta por cento de nossa população de norte a sul, de leste a oeste, assinará nesta tarde, no Palácio das Laranjeiras, o decreto da Superintendência Regional de Política Agrária que autoriza a desapropriação de áreas ao longo das ferrovias, das rodovias, das zonas de irrigação e dos açudes, assim como o decreto que encampará as refinarias particulares de petróleo. A terra tem que pertencer a quem nela trabalha! O petróleo é do povo! Como pregava Getúlio Vargas, o petróleo é nosso!

O eco do locutor se perdia pela rua vazia ao sol de março. Sem gente, sem carros estacionados. Sem nenhum carro estacionado. Nenhum. Nem o Aero-Willys azul, junto ao qual Orlando Roberto Boilensen-Hagger fora assassinado dez dias atrás, e que eu vira hoje pela manhã, coberto de pó e cocô de passarinho.

Apressei o passo até a casa de Dona Lílian.

Estava fechada, como de manhã, as persianas do jardim de inverno abaixadas. Tudo igual. Mas não exatamente.

Apertei a campainha.

Não ouvi nenhum som.

Pensando bem, tampouco me lembrava da campainha soando hoje de manhã. Como a empregada surgira à porta? Eu batera palmas? Chamara o nome de alguém? A campainha estava funcionando, então? Havia uma música tocando no rádio de alguma casa, disso eu me lembrava. Uma parada de sucessos. Uma canção de Altemar Dutra ou Roberto Carlos, creio. Mas ruído de campainha tocando, não, não tinha certeza. E eu sentira, ou achava que percebera, alguém a me observar por trás das persianas. Ou cortinas?

Não desta vez.

Bati palmas. Bati palmas de novo, quando ninguém atendeu. Chamei por Dona Lílian. Umas três vezes. Como era mesmo o nome da empregada quieta? Ester? Sara? Era um nome bíblico, isso eu recordava. Gritei por Sara. Em seguida, Judith. Ester, lembrei, a mulher que me serviu café e suco de manga se chamava Ester. Chamei por Ester. Mais de uma vez. Nomes e imagens se embaralhavam na minha cabeça. Ainda me sentia um pouco zonzo.

"Não mora ninguém aí, não, moço", disse uma voz de criança. Virei-me a tempo apenas de ver um menino uniformizado, o rosto tentando voltar-se para mim enquanto corria ladeira abaixo, puxado pela mãe afogueada.

Senhora, senhora, gritei.

"Não mora ninguém aí", repetiu o menino, tropeçando, mas logo retomando o equilíbrio.

Senhora, senhora, por favor, espere, pedi, tentando alcançá-los.

"Não mora ninguém lá, moço, ninguém", o menino dizia, sem que a mãe diminuísse o passo, nem registrasse minha presença.

Senhora, um momento, por favor, eu estive ali naquela casa hoje de manhã e conversei com Dona Lílian, sua vizinha, e havia um automóvel estacionado perto, um Aero-Willys azul, falei para a mãe apressada do garoto, que sacudia a pasta escolar a cada puxão, como se a fosse perder.

"Não mora ninguém lá, moço, não mora ninguém", o garoto dizia.

"Cale a boca", a mãe comandou.

Senhora, eu sou repórter da *Folha da Guanabara* e...

"Nem adianta chamar lá, moço, lá não tem ninguém."

"Cale a boca ou te dou umas palmadas", a mãe ameaçou.

"Ninguém", soltou o menino, a voz quase sumida.

A mãe deu um puxão mais forte, o guri deixou a pasta cair. Me apressei a pegar e devolver. Filho e mãe voltaram à caminhada apressada. Eu tinha dificuldade em acompanhar o ritmo, mesmo ladeira abaixo.

Senhora, insisti, eu preciso falar com a dona daquela casa.

O menino sacudiu a cabeça negativamente.

Gritei, toquei a campainha, chamei pela empregada e por Dona Lílian, mas ninguém atendeu.

"Não mora ninguém lá!", o menino exclamou.

"Cala a boca, já disse."

Senhora, eu sou repórter da *Folha da Guanabara* e preciso falar com a Dona Lílian, senhora, espere só um minuto.

"Me deixa em paz."

É rapidinho, só umas perguntas, senhora, sobre sua vizinha.

"Meu filho vai perder a aula."

Emparelhei com os dois. Minha perna dava umas pinçadas.

O carro do filho da Dona Lílian também não está mais na rua.

"Não vê que estamos atrasados?"

Tenho um assunto importante para tratar com a Dona Lílian, sobre a nora dela que vive em Copacabana. Que vivia, me ocorreu, mas não corrigi. Ninguém atende. Será que a senhora tem o telefone da Dona Lílian, ou sabe para onde ela foi? Sabe se ela foi para o Instituto Médico Legal? Sabe se Dona Lílian foi resgatar o corpo do filho?

Eu podia ouvir o som alto da respiração ofegante da mãe do garoto, chegando ao final da ladeira. Não era apenas de cansaço. Estava com medo de mim?

"Não mora ninguém naquela casa", a mulher soltou, arfante, "tem muitos anos. Vem alguém cortar o mato de vez em quando. Dona Abigail morreu faz mais de nove anos."

Dona Abigail?

"A dona da casa. A viúva do gringo."

Segurei seu braço. Ela parou. Assustada.

Viúva de um dinamarquês chamado Mathias Hagger, perguntei.

Estávamos junto ao muro do colégio para onde a vizinha de Dona Lílian levava apressada o filho. Era uma escola particular, deduzi, pois aquela sexta-feira fora declarada dia de feriado escolar na rede pública em todos os níveis, para que estudantes e professores pudessem comparecer ao Comício na Central do Brasil.

"Não sei. Chamavam Dona Abigail de viúva do gringo, só sei isso. Quando vim para cá eram só ela e o filho."

O filho que foi assassinado? O dono do Aero-Willys?

Um funcionário da escola chegou à entrada, nos viu, reparou que eu segurava o braço da mãe do menino, fez menção de vir até onde estávamos.

"Não sei de assassinato nenhum. Solte meu braço."

Me desculpe, pedi, soltando seu braço. Sou repórter e, quando estive ali na casa, hoje de manhã cedo, inclusive o Aero-Willys, o carro do filho, tentei, atarantado, inclusive o carro azul do filho, quando conversei com Dona Lílian, o carro estava parado do outro lado da rua, inclusive vi bem quando ia para Copacabana e tive um desmaio e passei mal e, eu tinha tomado um suco e, e, e desisti de continuar, sem saber o que mais dizer.

"O carro azul foi embora com duas mulheres antes do meio-dia", ela disse, virando e se afastando, levando o menino pela mão. "Pareciam irmãs. Quem dirigia era a de óculos escuros."

Quando os dois entraram na escola, eu já subia a ladeira de novo, o mais rápido que conseguia e suando ainda mais, inutilmente, como inutilmente pulei o muro da casa silenciosa, rodeei-a, constatei que todas as janelas e portas estavam trancadas. A que dava para os fundos tinha um ferro de lado a lado dos umbrais, lacrado à direita com um cadeado grande, corroído por ferrugem e falta de uso. No quintal, o mato se misturava a tomateiros e laranjeiras secos. Bem no centro do pomar, os galhos de uma mangueira solitária dobravam-se ao peso de braçadas de frutos maduros não colhidos, em torno dos quais revoavam bandos de maritacas estridentes. Seus gritos me pareceram agourentos, como os dos bandos que revoaram incessantemente acima do Mercury enganchado na ravina abaixo da rodovia Rio-São Paulo.

* * *

Se ninguém mora naquela casa há muitos anos, repeti para mim a frase da mãe apressada enquanto subia as escadas gastas que levavam à redação do *Correio da Manhã*, o que realmente aconteceu comigo na antiga residência da família Boilensen-Hagger, no outrora próspero bairro do Montedouro?

Vi meus sapatos na escada. Rotos. Mês que vem talvez conseguisse comprar outro par. Não importava, agora. Outros, antes de mim, haviam subido aquela escada de madeira com outros sapatos em petição de miséria, ao longo de sessenta e três anos. Lima Barreto, Antonio Callado, Lêdo Ivo, Drummond, Cony, Carpeaux. Atravessaram ditaduras, golpes, preconceitos, perseguições, penúria, loucura, escárnio, com uma única arma. A escrita. Com eles buscaria meu aprendizado.

Enquanto eu pisava os degraus na Rua Gomes Freire, 471, não muito distante do Instituto Médico Legal onde minha espiral começara hoje cedo, o cheiro que me invadiu as narinas nada tinha a ver com o odor de morte do IML. Uma pulsação de vida subia do térreo onde ficavam as oficinas, uma mistura dos cheiros de chumbo derretido e óleo, óleo principalmente, dos linotipos onde era composto o diário de maior oposição ao governo federal.

Parei um instante, mareado de novo, de novo com ânsia de vômito, me apoiei na parede. Esperava que passasse. Minha cabeça foi, de novo, de novo, de novo inundada por perguntas.

Como o endereço no bairro do Montedouro foi parar nas mãos de Amarantes? Quem eram as duas mulheres na casa da mãe do louro da gaveta 41? Por que me drogaram? Como me levaram ao apartamento na Rua Viveiros de Castro? Eram sapatos masculinos que vira antes de perder os sentidos, isso eu sei. Sei? Eram? Não seriam os sapatos marrons de Dona Lílian? Eu não presto atenção em cores de vestimentas, como sei que Dona Lílian calçava sapatos marrons? Ela vestia calças compridas no jardim de inverno. Cor marrom. Cinza? E sapatos fechados. Azul-marinho. Pretos. Foi? Tenho dificuldade em lembrar roupas, cores, detalhes. De quem eram aqueles pés calçando sapatos pretos?

Melhorei da tonteira. Subi os degraus que faltavam. Cheguei ao segundo andar.

* * *

A redação do *Correio da Manhã* era comprida, densa de fumaça de cigarro, mesas dispostas em aparente desalinhamento, o barulho das oficinas do térreo se confundindo com o alarido dos jornalistas e o ruído de teclas das máquinas de escrever que tamborilavam, vez por outra intercalado pelo tilintar metálico quando um texto chegava à última linha e era necessário acionar a alavanca no final do cilindro para levá-lo de volta, subir o papel e iniciar uma nova linha de texto. Era aquilo que eu queria para mim. Ali. Na redação do *Correio da Manhã*.

Amarantes me contou ser jornalista freelancer, sem ligações fixas com nenhum veículo em particular, por isso podia vender suas fotos para jornais e revistas de propriedade de grupos diferentes, como *O Cruzeiro*, dos Diários Associados; *Fatos e Fotos*, da Bloch Editores; o *Jornal do Brasil*, da família Pereira Carneiro; *O Globo*, da família Marinho; a *Última Hora*, de Samuel Wainer; *Luta Democrática*, de Tenório Cavalcanti; a *Tribuna da Imprensa*, de Carlos Lacerda ou qualquer outra publicação disposta a pagar por seus cliques exclusivos, sem ninguém jamais conseguir descobrir como chegava a eles antes de todos os colegas. Getúlio Vargas morto na cama, com o revólver ao lado, era sua foto mais conhecida, me contou com orgulho. Frequentava a redação do *Correio da Manhã* porque ali encontrava os amigos dos tempos em que se tornara praticamente fixo no Palácio do Catete e para os quais abrira a intimidade da família Vargas, repórteres e fotógrafos que hoje, dez anos depois do suicídio, estavam em cargos decisórios. Compravam fotos dele, revelou, mesmo se não as publicassem. Como uma do presidente Juscelino Kubitschek acariciando os ombros nus de uma estrela loura de Hollywood, sozinhos em seu gabinete, ou uma série em que flagrara o presidente Jânio Quadros roncando numa poltrona da biblioteca do Palácio da Alvorada, vencido por sono alcoólico, ou o neto de um ministro militar, de calças arriadas para um soldado, num banheiro do ministério comandado pelo avô.

"Guardam essas fotos", confidenciara durante nossa conversa no morgue, "para algum uso futuro, caso tenham problemas nos altos círculos, me entende?"

Amarantes era a chave para sair do labirinto. O que eles pretendiam, quem quer que fossem eles, ao fazer de mim testemunha e suspeito do assassinato da mulher de Beto Hagger? Por que Lídia/Soraya/Dirce abandonara o corpo do marido no Instituto Médico Legal? A quem interessava a morte de Soraya Palazzo, Dirce Albuquerque, Lídia Nunes, fosse lá qual fosse o real nome da morta?

Degolada. Meus pés chafurdando no tapete empapado de sangue.

A náusea voltou.

Me esforcei para não lembrar daquilo.

A mesa de canto, ao fundo da redação, onde eu vira Otto Maria Carpeaux da outra vez, estava vazia. Pena. Teria sido uma oportunidade para finalmente tomar coragem e falar com ele, me apresentar e... E dizer o quê? Boa tarde, senhor Carpeaux, sou um repórter em início de carreira, ou menos ainda que isso, ou talvez nunca chegue a isso, sou datilógrafo num cartório perto da Praça XV, mas estou fazendo estágio na *Folha da Guanabara* como jornalista, não exatamente estágio de jornalismo, eu ajudo nas ligações telefônicas e coisa e tal, mas sou, eu sou, senhor Carpeaux, um grande admirador seu e sei que, sei que o senhor passou por situações difíceis com os nazistas, sendo judeu, mesmo tendo se convertido ao catolicismo, e eu, senhor Carpeaux, eu, eu estou numa enrascada, que nem de longe se compara com a sua, mas, senhor Carpeaux, eu... Eu lhe diria isso? Não. Não. Pareceria mais idiota ainda do que sabia que vinha sendo.

Entrei na redação. Caminhei entre as mesas. Eu poderia ser um fantasma. Ninguém levantou os olhos do texto que compunha, ninguém pareceu perceber que eu passava. Cheguei até a mesa de Carpeaux. Não havia risco de ele me surpreender, eu sabia, da visita anterior, que nunca chegava cedo. E que só gostava de escrever à noite, o mais tarde que o fechamento do jornal permitisse.

Parei ao lado. Havia uma lauda enfiada na máquina de escrever. Inclinei-me, estiquei a cabeça. Tinha uma única palavra datilografada, bem no alto do papel. "Hoje."

Continuei de costas para a redação, sem ideia do que fazer. Olhei de novo para a lauda na máquina de escrever.

"Hoje", estava lá, datilografado no canto esquerdo.

Hoje, repeti mentalmente para mim, foi ontem para ele. Hoje era o passado, raciocinei sem lógica, quase envergonhado de estar bisbilhotando Otto Maria Carpeaux. Quase.

Ao lado da máquina de escrever, vi um livro de capa dura descorada, aspecto de muito manuseado e título em alemão, *Der Letzte* alguma coisa, uma tira de papel entre suas páginas. Não leio alemão. Mas o marcador em um livro na mesa do intelectual austríaco que fugiu dos nazistas e veio parar no Brasil sem falar uma palavra de português, e que o aprendeu aos 39 anos, era uma bisbilhotice irresistível. Abri. Marcava o início de um capítulo, mas não tive ideia do que se tratava. Reconheci, porém, uma palavra, das leituras sobre a Segunda Guerra Mundial. *Anschluss*. Anexação. O que os alemães fizeram com a Áustria. A data sob o título não precisava de tradução: 12 *März* 1938. Ontem, 26 anos atrás. O dia em que as tropas do austríaco Adolf Hitler entraram em Viena sob aplausos e vivas de seus compatriotas, o ano em que o judeu austríaco Otto Karpfen, depois Otto Maria ao se converter ao catolicismo, foi escorraçado de seu país e acabou desembarcando no porto do Rio de Janeiro, onde adotou o afrancesado sobrenome Carpeaux.

Otto Karpfen sabia que não havia escolha para o próximo passo. Precisava sair da Áustria. Ponto. Sem outra opção.

Para mim, tampouco havia opções. Não era mais questão de conseguir a reportagem bombástica, de ter as portas da carreira abertas, de apagar o caminho para a mesa de datilografia do cartório, de trocar a vaga da pensão no Catumbi por um quarto em Botafogo, de fazer três refeições completas por dia. Ou mais, se me aprouvesse. Mas não dentro da cela de uma prisão, acusado e condenado pela degola de uma princesa da noite de Copacabana.

Hoje, Otto Karpfen escrevera.

Hoje é o dia da minha chance ou da minha danação.

7.
Amarantes

Fechei o livro.

Dei as costas para a mesa do expatriado.

Próximo, um grupinho papeava tomando café de uma garrafa térmica. Cheguei junto aos cinco sujeitos, todos de gravata e mangas arregaçadas, todos aparentando mais de quarenta anos, todos grisalhos, todos com ar de jornalistas atarefados que interromperam rapidamente seu trabalho, porém já, já vão voltar às suas mesas. Mais um clichê daquele dia.

Oi, eu disse.

Eles continuaram conversando como se eu não estivesse ali. Invisível. Fantasma na redação. Atitude de jornalistas quando não estão em missão. O mundo pode ser ignorado quando não tem reportagem para fornecer.

Perguntei por Amarantes.

O único que pareceu me ouvir mal se virou para me olhar e disparou: "Não acha que eles são todos uns filhos da puta?"

Eles?

"Os americanos. Ouviram essa mulher gritar e ninguém fez nada. Trinta e oito vizinhos. Esfaqueada e estuprada, gritou até morrer e nenhum vizinho acudiu. Em Nova York! Trinta e oito vizinhos! Até aumentaram o som da televisão para fingir que não ouviam."

Uma mulher com as cordas vocais cortadas, me ocorreu, apenas uma imagem fugaz sobre um tapete branco ensopado de sangue, em Copacabana, é incapaz de gritar por socorro. Basta uma navalhada. Soraya morreu em silêncio.

"Kitty Genovese", o jornalista de bigode grisalho leu no telegrama da Associated Press que tinha na mão esquerda. A outra segurava a xicrinha de café. "Essa mulher, em Nova York, ontem. Não acha?"

Acho o quê?

"Que são todos uns filhos da puta? Os americanos? Quer apostar como vão derrubar o Jango?"

"Que paranoia!", debochou o jornalista de costas para ele, servindo-se de mais café. "Vocês, esquerdistas, estão sempre com medo de um golpe da direita. Não vai ter golpe. O Brasil tem uma Constituição e ela será respeitada. Em 1965, estaremos elegendo um novo presidente."

"Lacerda!", provocou um de cabelos pelos ombros.

"Agora mesmo, neste momento", retrucou o primeiro, "uma frota americana está ancorada no Caribe, pronta para navegar para cá. Seis destróieres, quatro navios-tanques, tropas e o porta-aviões USS Forrestal da Marinha dos Estados Unidos. A operação já tem até nome, *Brother Sam*."

"Não vão ter colhão para isso", interveio o mais alto do grupo. "Os americanos sabem que Fidel Castro enviaria guerrilheiros para cá, que se uniriam às Ligas Camponesas de Francisco Julião, com o apoio da maioria da população brasileira."

"Que apoio, que apoio?", cortou o de cabelos de roqueiro inglês. "Nem o cunhado apoia Goulart."

"Acha mesmo?", disse o quinto sujeito, segurando a xicrinha como se fosse uma taça de vinho num coquetel.

"Brizola quer mais que Jango se foda, isso é verdade", concordou o mais alto. "Quanto pior para Goulart, melhor para ele."

"Brizola é personalista, não tem senso de coletividade. É pura ambição pessoal de poder", analisou o do telegrama.

"O cavalo passou encilhado e ele não viu, ocupado com a busca de notoriedade, nessa farsa de nacionalização de empresas americanas no Rio Grande do Sul", disse o cabeludo.

"Farsa não é. É vaidade mascarada de nacionalismo", atalhou o mais alto. "Brizola perdeu o bonde da História. Não conseguirá passar por cima de Miguel Arraes, que é um verdadeiro líder popular."

"Acha mesmo?", perguntou o da xicrinha segurada como taça.

"Para onde Arraes se inclinar, o Nordeste irá", o mais alto prosseguiu, indiferente à pergunta retórica do colega de cafezinho. "Contará com o apoio de Francisco Julião, das Ligas Camponesas, dos sindicalistas de lá, e dos de cá também."

"Vai ser a deixa que os americanos precisam para justificar o desembarque dos fuzileiros deles em nosso território", observou o grisalho do telegrama. "Com adesão dos militares brasileiros. E de políticos como o Carlos Lacerda."

"Ele é brilhante, esse Lacerda", falou o cabeludo.

Minha voz é normalmente baixa e tendo a ficar calado diante de gente mais velha a gritar. Mas precisava encontrar o fotógrafo de hoje de manhã e tentei falar mais alto. Citei o nome Amarantes, mas nem cheguei a perguntar onde encontrá-lo.

"O Corvo é um golpista!", cortou o do telegrama sobre a mulher assassinada e estuprada em Nova York diante de trinta e oito vizinhos.

"Acha mesmo?", indagou o quinto sujeito.

"Corvo golpista!", concordou o mais alto.

"Tão golpista quanto os seus companheiros do Comando Geral dos Trabalhadores e o Miguel Arraes e o Leonel Brizola, só que obedecendo ao comando de Moscou. Lacerda vai ganhar no voto!", entusiasmou-se o cabeludo grisalho, acrescentando, "E com a Sandra Cavalcanti de vice!"

"Vocês, burgueses de Ipanema, só querem saber de praia, bossa nova e viagens a Paris para sentar no Café de Flore", rebateu o mais alto, brandindo um lápis diante do rosto bronzeado do cabeludo.

"E vocês, burgueses da Tijuca, metidos a esquerdistas, fecham os olhos para os fuzilamentos sumários em Cuba e a violenta repressão russa na Hungria e na Tchecoslováquia."

"Que rádio você ouve? A Voz da América?"

"E você, esquerda festiva tijucana? Rádio Moscou? Rádio Pequim?"
"Sabe o que você é? Um reacionário de direita!"
"Melhor que ser um lacaio de Moscou!"
Tinham elevado o tom de voz e continuavam a subi-lo. Um mal tinha iniciado a frase e o outro já o contestava. Não estavam interessados em conhecer o ponto de vista do oponente. Discursavam.

A gritaria dos coroas era um bis do que me via obrigado a acompanhar nas salas de aula e corredores da faculdade. A diferença eram as rugas, os fios de cabelos brancos. Aqui, voltariam para suas mesas e fechariam suas reportagens do dia. Lá, enquanto meus colegas se enfiavam em discussões intermináveis nos diretórios, decidindo o que consideravam melhor para o futuro do Brasil e de seu povo, quiçá do mundo, ou iam almoçar e fazer a sesta em seus lares em bairros à beira-mar, eu almoçava uma empada com um copo d'água, subia num ônibus e me dirigia ao meu trabalho de datilógrafo no Vigésimo Oitavo Cartório de Registros de Imóveis do Estado da Guanabara. Daqui a vinte ou trinta anos, meus colegas de faculdade estariam tendo discussões parecidas com aquelas na redação do *Correio da Manhã*, trocados apenas os nomes dos políticos/militares/golpistas, ajustando os problemas e adequando as soluções para o ano de 1994, 2014, ou quando quer que o Brasil encontrasse seu futuro. O futuro não me interessava. Eu não morava num apartamento litorâneo.

"Enquanto vocês discutem como dois galos de briga cegos", debochou o grisalho do telegrama, "os americanos aprontam a invasão do Brasil."

"Acha mesmo?", disse o quinto grisalho.

"Não acredito nessa operação *Brother Sam*", duvidou o bronzeado ipanemense. "É mais um boato alarmista que vocês, do Partido Comunista, gostam de espalhar."

"Não é um boato alarmista do PCB. É informação bem fundamentada", insistiu o grisalho mais alto.

"Bem fundamentada onde? Havana? Moscou? Praga?"

Sabem onde posso encontrar Amarantes, tentei, outra vez sem conseguir interrompê-los.

"Informação bem fundamentada daqui mesmo, das mesmas fontes que viram tropas da Polícia Militar de Minas Gerais sendo treinadas por um assessor da embaixada americana."

A discussão se concentrou entre os grisalhos de Ipanema e da Tijuca.

"Para que a embaixada americana iria treinar PMs mineiros?"

"Para futuramente servirem ao maior golpista de todos, o governador Magalhães Pinto, é claro."

Tal como não se ouviam, tampouco me viam.

"O treinamento está sendo orientado por um americano chamado John Mitrione, ou Don Mitrione, o nome ainda falta confirmar. Pago com dinheiro do próprio Magalhães Pinto."

O mais alto riu. "Desde quando banqueiro tira dinheiro do bolso para treinar a polícia do estado dele?"

"Magalhães Pinto espera ter o aval dos americanos para ser o presidente do Brasil depois do golpe. Os americanos, pode escrever", falou o grisalho do telegrama, "vão derrubar o João Goulart. Esse embaixador deles é homem da CIA."

"Gordon", lembrou o grisalho alto.

"Lincoln Gordon", confirmou o grisalho do telegrama. "Esse filho da puta, amigo desse outro filho da puta que é o presidente Lyndon Johnson. Todos eles são filhos da puta. Todo americano é filho da puta."

"Kennedy não era filho da puta", defendeu o grisalho ipanemense.

"Era filho da puta, sim. Kennedy, Eisenhower, Truman, até mesmo Roosevelt, todos uns grandes imperialistas filhos da puta."

"Acha mesmo?", indagou o quinto grisalho.

"E o que me diz de Stalin?", debochou o grisalho cabeludo. "E Trotski? E Lenin? E Kruschev? Todos santos no altar do socialismo soviético?"

"É um outro tipo de imperialismo, não é?", disse o quinto grisalho.

"Lacerda tem pulso, é o líder certo para dar um jeito no Brasil!"

"Reacionário entreguista!"

"Comunista cego!"

Pareciam, cada um, todos eles, diante do espelho, encantados com seus próprios argumentos, voz, veemência.

"Vocês elegeram o louco do Jânio Quadros, agora apoiam esse corno do João Goulart! Quem é o próximo babaca que vocês vão alimentar?"

Pareciam, cada um, todos eles, prestes a explodir e socarem-se uns aos outros. Mas era apenas uma discussão na hora do cafezinho, um requentado dos debates de seus tempos de faculdade.

Estou procurando pelo fotógrafo Amarantes, foi o que consegui dizer, no breve silêncio furioso do quinteto. Parece que ele está sempre por aqui.

"No laboratório. Procure lá", apontou, sem paciência, o grisalho do telegrama sobre Kitty Genovese, na direção de uma sala fechada, ao fundo, à direita, para onde me dirigi. A luz acesa acima da porta indicava atividade lá dentro. Quando se apagou, bati. Alguém mandou entrar.

* * *

No cômodo tenuemente iluminado por luz vermelha, um homem lavava cópias de fotos numa bacia retangular de metal, em seguida as pendurava. Havia várias. Negativos 35mm também. Ali o cheiro forte era de ácido. As redações tinham muitos cheiros.

Estou procurando Amarantes, adiantei.

Não houve resposta. Talvez não tivesse ouvido. Tendo a falar baixo em ambientes em que me sinto inseguro. Falo baixo quase o tempo todo. Repeti.

"Qual Amarantes?", o laboratorista retrucou.

Não me lembro do primeiro nome, nem sei se sei o prenome dele. Amarantes. Fotógrafo. Que eu conheci hoje de manhã no Instituto Médico Legal. O senhor conhece o Amarantes?

O homem continuou seu trabalho, como se estivesse sozinho ali. O senhor conhece o Amarantes, perguntei de novo.

Passou-se mais um minuto ou dois. Sons abafados da redação mal entravam ali. Eu observava cada gesto dele. Como um fantasma, observando os viventes. Mais uma vez fantasma, mais uma vez invisível. Por que as pessoas me ignoravam? O que havia em mim que me tornava invisível? Ali, no laboratório fotográfico, agora há pouco na redação, nas ruas de Copacabana, nos corredores do Instituto Médico Legal, nos ônibus, pelas salas da Instituição para Órfãos e Menores Infratores, desde criança, desde a derrapada e o salto do Mercury no abismo, eu me tornara o nada, aquele que ninguém vê, ninguém ouve, ninguém sabe que existe e respira, ali, bem ao lado.

"Amarantes nome próprio ou sobrenome?", finalmente ele disse, sem me olhar.

Eu estava cansado. Eu estava com calor. Eu estava com sede. Eu estava nauseado, ainda, da intoxicação do suco de manga, do asco do sangue da princesa da Viveiros de Castro e do hálito velho do professor Eurípedes da Prado Júnior, com os ouvidos quentes da discussão inócua do quinteto do café e dos meus colegas da faculdade, de saco cheio ao me perceber o idiota enredado numa trama de assassinatos e identidades mentirosas só possível por conta de minha ignorância e de minha arrogância juvenis. Não consegui evitar que tanta frustração as fizesse aflorar de novo.

Tem tantos Amarantes assim aqui no *Correio da Manhã*, perguntei, com mais sarcasmo do que pretendi.

O laboratorista deitou uma folha dezoito por vinte e quatro numa das bacias, mexeu-a com uma pinça até formar a imagem de um homem com os punhos erguidos, a boca aberta em berro furioso, levou-a a outra bacia, lavou-a, como se tivesse todo o tempo do mundo.

"Quer falar com Gilberto Amarantes?"

Não sei se é Gilberto, não sei o primeiro nome dele, repeti no mesmo tom impaciente de antes, sem perceber seu incômodo. O fotógrafo, falei. Disse que está sempre por aqui. Conheci hoje de manhã no Instituto Médico Legal.

"Conheceu um Amarantes hoje de manhã no Instituto Médico Legal e não sabe o primeiro nome dele", indagou e, seguramente, com os olhos habituados à pouca luz, capaz de distinguir quem era seu interlocutor, replicando meu tom jocoso, "garoto?"

Preciso encontrá-lo.

"Aqui?"

Ele disse que trabalhava para o *Correio da Manhã*. Também para o *Correio da Manhã*. Principalmente para o *Correio da Manhã*.

"Quem falou?"

Ele, ele, o Amarantes.

"Qual Amarantes?"

Eu tenho um problema, argumentei.

"Todos temos problemas."

Mas eu fui envolvido num crime. Dois crimes.

"Todos temos problemas."

Uma mulher teve a garganta cortada por navalha em Copacabana, hoje. Um homem foi morto a tiros no Montedouro, duas semanas atrás, dez dias, sei lá. Eles eram casados. O homem e a mulher assassinados. Eu nem os conhecia, mas virei testemunha, podem até achar que sou cúmplice, o senhor entende que meu problema não é igual aos de todo mundo?

"Estou cheio de trabalho, garoto. Os fotógrafos estão mandando filmes do comício para revelar, fotos para ampliar."

Amarantes também é fotógrafo. Um desses filmes pode ser dele, talvez ele tenha passado aqui. Amarantes pode me ajudar, insisti, ele sabe do começo.

"Você quer encontrar um sujeito que você nem sabe como se chama."

Sei, mas não lembro. Gilberto?

"Gilberto Amarantes? Tem certeza?"

Antonio Amarantes? Gilson?

"Tem certeza?"

Ou Carlos. Ou Francisco. O senhor sabe de quem estou falando?

"Francisco? Carlos? Gilson ou Gilberto?"

Eu tentava me lembrar do nome que Amarantes me dera, mas nem mesmo tinha certeza se ele dera algum. O homem do laboratório retirou outra ampliação da cuba e a colocou para lavar. Eram militares das tropas de choque da Polícia Especial, à frente de manifestantes exibindo cartazes. *Abaixo os trustes e cartéis*, estava escrito em um deles. Num outro, *Legalidade para o Partido Comunista*. Os soldados pareciam muito mais altos, e muito mais brancos, do que os manifestantes.

Amarantes, Amarantes eu tenho certeza, disse ao laboratorista, com aflição indisfarçada. O cara da foto de Getúlio Vargas morto, com furo de bala no paletó do pijama e o revólver na mão, conhece, sabe quem é, esse Amarantes? Preciso encontrá-lo, é urgente. Acho que o primeiro nome dele é Francisco. Ou Gilberto. Antonio! Ele disse Antonio. Não! Não, ele disse Gilberto. Gilberto, sim! Gilberto Amarantes, conhece?

"Gilberto Amarantes? Tem certeza?"

Absoluta.

"Esse fotógrafo que você conheceu se chamava..."

Gilberto Amarantes, confirmei. Agora lembrei, tenho certeza, Gilberto.

A silhueta à luz rubra do laboratório parou com a foto dos militares no ar, ainda pingando, permaneceu calada por uns instantes, logo pendurou a cópia.

"Venha comigo", comandou, abrindo a porta. Saímos. Ele acendeu um cigarro. Não me ofereceu. Tinha um aspecto lastimável, pálido e extremamente magro, os ralos cabelos penteados de um lado da cabeça para o outro em vã tentativa de esconder a calvície, uns bons centímetros mais baixo que eu. O pescoço fino dançava na cola engomada, rodeada por uma gravata escura, da camisa de mangas curtas. As calças, largas, folgadas, pareciam mantidas no lugar pelos suspensórios, como em alguém que perdera muito peso. Desde criança não via alguém usando suspensórios.

"Olhou bem para mim?"

Sim, respondi com um aceno de cabeça.

"Sou Gilberto Amarantes."

Fitei-o, sem saber o que dizer. Ele repetiu, em tom autoritário.

"Meu nome é Gilberto de Souza Amarantes. Você já me viu alguma vez?"

Não, balbuciei, nunca.

Ele apagou o cigarro, ainda pela metade, num cinzeiro já abarrotado, fez menção de retornar ao laboratório. "É só isso?"

Se ele é Gilberto, qual Amarantes conheci no IML, pensei. Qual foi mesmo o primeiro nome que Amarantes me deu? Não foi Gilberto. Nem Gilson. Era um prenome comum, banal, tradicional. Pedro Amarantes? José Luís Amarantes? Luís Antonio Amarantes? Luís Carlos Amarantes?

Fiz um esforço, revi o rosto moreno, queimado do sol do Rio de Janeiro, os cabelos brilhantinados, a maleta sobre a barriga da mulata Veronica. Funcionou. Quase o ouvi pronunciando. Carlos. Carlos Amarantes. Antonio Carlos Amarantes. Falei com confiança ao laboratorista: o senhor tem um parente, um fotógrafo chamado Antonio Carlos Amarantes?

Tive a impressão de que o laboratorista empalidecera. Mais ainda. Pode ter sido apenas uma impressão. Gilberto Amarantes tinha a lividez de quem atravessava uma doença, ou convalescença, difícil e longa. E tudo o que me lembro da manhã deste 13 de março está envolto em camadas de impressões fugidias, tantas, que fico sem saber qual revelação veio antes, quais eram as verdadeiras.

"Antonio Carlos Amarantes?"

Sim, confirmei, confiante. É seu parente?

"Você não pode ter conhecido Antonio Carlos Amarantes."

Conheci, sim, reafirmei, claro que conheci. Hoje de manhã, no Instituto Médico Legal. Um homem de uns trinta e cinco, quarenta anos, mais alto que o senhor, um pouco mais alto que eu também, moreno e...

Ele pareceu aliviado.

"O homem que você conheceu no IML não era o Antonio Carlos. Nada do que você passou hoje tem nada, nada, nada a ver com meu filho."

Apesar de surpreso, não recuei. O filho dele me envolvera num crime e era quem podia, e tinha a obrigação de, me ajudar a sair disso. Onde posso encontrar o seu filho, exigi.

"Não era o Antonio Carlos."

Seu filho me meteu numa merda, insisti. Seu filho me meteu numa merda e acho melhor o senhor me dizer onde ele está.

Minha ameaça não alterou a curiosa expressão dele.

"Não era o Antonio Carlos."

Eu vou sair daqui, avisei, revoltado, vou sair daqui e irei direto ali na 5ª Delegacia de Polícia, aqui do lado do *Correio da Manhã*, aqui mesmo, na Avenida Gomes Freire, e vou contar tudo o que aconteceu. A não ser que o senhor, eu disse, deixando uma ameaça no ar.

Ele me olhou, apenas.

Vou contar tudo o que aconteceu comigo por causa do seu filho, ameacei, sempre em voz baixa, porque no fundo eu não queria, eu receava chamar atenção, eu vou relatar todos os detalhes do que Antonio Carlos me fez passar, dar o nome dele e o seu, ali, na 5ª DP. E, mesmo que me detenham, basta a polícia ir lá no apartamento da Rua Viveiros de Castro. A princesa degolada está lá. "*La principessa della notte*", sabe quem é?

Quanto mais eu falava, sussurrava, na verdade, tentando não gaguejar, mais me parecia que ele me encarava como se eu fosse um lunático.

Eu não estou louco, adverti, pausadamente, separando bem cada uma das quatro palavras, o que até mesmo aos meus ouvidos pareceu um paradoxo de alguém alucinado. Foi o seu filho, continuei, foi o Antonio Carlos Amarantes que me meteu nessa, nessa, nessa, ainda estava buscando a palavra certa para abarcar os contrassensos daquela sexta-feira quando Gilberto Amarantes me interrompeu, com calma, benevolamente, eu agora vejo.

"Olha, garoto, não falei que você é maluco. Eu estou é com pena de você. Você é um menino. Metido a jornalista. Mas você é um ingênuo. E pelo seu sotaque e seu jeito, vejo que é ingênuo e caipira. Um Jeca Tatu sendo engolido pela cidade grande."

Puxou o maço de Continental do bolso, acendeu outro cigarro, sacudiu a cabeça.

"Garoto, você é do tipo que o espertalhão do meu filho saberia tapear com muito mais facilidade do que os babacas que caíam na lábia dele."

Eu nunca tinha ouvido um pai chamar, nem imaginava que um pai pudesse chamar, seu filho de espertalhão. Mas eu não conhecia pais. Não tinha convivido com nenhum. Achava que pais gostavam de filhos, ponto, CQD, como queríamos demonstrar. Mais que engano, era uma idiotice. Como eu saberia em seguida.

"O mundo está dividido entre espertalhões e trouxas, garoto. Os que dominam os truques do mundo e os que", ele indicou o laboratório fotográfico, "levam todas as rasteiras e terminam os dias ali dentro, cheirando ácido, revelando negativos, fazendo ampliações e amaldiçoando os colegas capazes de criar imagens como eu nunca consegui. E você, garoto, você é um trouxa que vai terminar lá, está vendo, na última mesa da redação, lá no fundo, fazendo copidesque de reportagem dos outros."

Não, não vou, contestei, sem firmeza. É duro perceber que intimamente concordamos com a pior opinião sobre nós. Fracassado, talvez. Mas eu ainda não tinha conseguido a minha chance. Fracassado, quem sabe? Mas trouxa e cúmplice de um assassinato, não. Isso não. Trouxa publicamente assumido é trouxa? Ou há na exposição do fracasso um tipo de vitória?

Vou à polícia, disse-lhe, vou contar tudo e vou escrever uma reportagem sensacional sobre o dia de hoje, começando pela entrada do seu filho na sala dos mortos, no Instituto Médico Legal.

"Garoto", ele começou, fazendo uma longa pausa, depois dando uma tragada e me olhando de alto a baixo, "meu filho olharia para você assim como eu estou olhando e, em segundos, já saberia que você está usando um terno barato, de tecido sintético, pago em suaves prestações que precisa urgentemente arranjar uma maneira de ganhar dinheiro para pagar, e também, muito provavelmente, para pagar a mensalidade em um quarto de empregada num bairro da zona norte, não é?"

Seu filho é que me meteu nessa, seu filho é o primeiro culpado.

"Não, não é."

Seu filho me mandou para a casa no Montedouro, para a rua onde mataram o louro da gaveta 41. Seu filho me drogou. Seu filho me trancou num quarto de empregada. Seu filho degolou aquela vedete de Copacabana. Seu filho, eu quis continuar, mas ele me interrompeu.

"Antonio Carlos não fez nada disso. Nem tinha como fazer. Meu filho morreu há nove anos, no incêndio da boate Vogue."

8.
Vogue

O incêndio começou por volta de seis da tarde. Dentro da boate, estavam uns poucos empregados da faxina, mais o auxiliar de eletricista que ligou o comutador, acendendo as luzes do salão, origem do curto-circuito, das pequenas explosões em cadeia, das labaredas brotando das paredes, que logo tomaram cortinas, tapetes, sofás, cadeiras, mesas, toalhas e guardanapos arrumados para o público do jantar da noite de domingo, engoliram lambris, quadros, o piano, lamês, plumas, veludos, fotografias, cartazes, e estouraram espelhos, lâmpadas, vidros de perfumes e de cosméticos no camarim.

Zunindo pela fiação, chegaram à cozinha, onde estouraram latas de óleo, bujões de gás, embalagens de álcool, cera, lustra-móveis e creolina, estilhaçaram garrafas, taças, copos, louças, as janelas basculantes, e subiram pelos doze andares do prédio, conforme relatos de testemunhas nas edições dos dias e semanas seguintes do *Correio da Manhã*, no arquivo para onde Gilberto Amarantes me levou.

Me esgueirou, na verdade. Não era local permitido para repórter de outra publicação. O arquivo fotográfico muito menos. Não teria achado o caminho para fora do labirinto, ou pelo menos indicação da saída, se não tivesse fuçado por lá também. Especialmente lá.

Ninguém me incomodou nos dois lugares. Ninguém me notou. Novamente, invisível. Um fantasma. Daquela vez, mais uma vez, felizmente, fantasma. Ou talvez estivessem todos mais preocupados com o fuzuê do comício do presidente da República, prometendo anunciar a morte de estruturas tradicionais do poder no Brasil.

A morte que me interessava nada tinha de metafórica. Ocorrera nove anos antes, bem longe do povaréu lotando as áreas no entorno da Central do Brasil, a treze quilômetros dali, na avenida litorânea do bairro mais rico e cosmopolita do Rio de Janeiro.

Seis pessoas morreram no incêndio. Cinco eram hóspedes do hotel acima da boate. Um casal em lua de mel, um cantor americano, um homem de negócios belga e um radialista brasileiro. Todos os funcionários da boate conseguiram escapar pela entrada de serviço, nos fundos.

Mas Antonio Carlos Amarantes não era funcionário da Vogue. Nem era, apesar de presente toda noite, apesar das roupas sob medida, apesar do porte principesco, apesar das regalias, membro da elite carioca.

Aquele 14 de agosto de 1955 tinha sido um domingo luminoso e morno na ainda capital federal, emoldurado por céu azul cobalto sem nuvens, como é comum no inverno do Rio de Janeiro, e mar tranquilo, atraindo banhistas à praia de Copacabana. À tarde, porém, quando a faixa de areia já estava quase deserta, exceto por turistas europeus que ignoravam o costume carioca de ir embora por volta do meio-dia, começou a soprar um vento sudoeste, intenso como sempre, fazendo voar barracas e jogando areia branca e fina nos olhos dos hóspedes dos hotéis da orla.

Um desses era o Hotel Vogue, na esquina da Avenida Atlântica com a Avenida Princesa Isabel, bem na divisa entre os bairros de Copacabana e Leme. A boate ocupava o andar térreo. Lá foi encontrado o corpo de Antonio Carlos Amarantes. Ou o que restava dele.

Mas não nos primeiros rescaldos.

* * *

O *Correio da Manhã*, como todos os diários cariocas daquela década, tinha um espaço dedicado à movimentação dos abastados, dos célebres por mérito ou escândalo, das adúlteras notórias e das virtuosas de ocasião, dos finórios, dos estroinas, dos pública ou veladamente falidos.

A Vogue era cenário constante. Artistas nacionais e estrangeiros se apresentavam e circulavam pela boate. Alguns, os melhores cantores e músicos de seu tempo. Jornalistas ali encontravam notas, fontes, jantares e uísque de graça.

A página inteira, intitulada "Mesa de pista", assinada por Antonio Maria, um jornalista que também era compositor, ou vice-versa, abriu-me o universo por onde o jovem Amarantes circulava e me instruiu um tanto mais sobre a mobilidade social já referida por Dona Lílian, naqueles tempos em que o centro, e mesmo a periferia, do poder ainda não se havia deslocado para o Planalto Central. O Rio de Janeiro era uma festa. Para quem podia pagar por ela. Ou sabia se aproveitar dos trouxas que a financiavam.

Da casta da Vogue, faziam parte familiares do ditador Vargas, políticos e seus penduricalhos, casais de duplos sobrenomes, empresários donos de contas bancárias em Genebra e Londres engordadas regularmente por intermediações e venda de armas para as Forças Armadas, executivos de multinacionais, herdeiros ociosos, e mulheres avulsas, algumas belas, todas hábeis. Gente, como diziam os textos, da melhor sociedade. Um ambiente insuspeitado para um assassinato. Por isso mesmo, adequado para um.

Um assassinato, naquela galáxia distante da malta, caso fosse descoberto, seria uma aporrinhação. Se acontecesse fora da casta, porém, passaria despercebido. Ou poderia ser ignorado. Ou, caso realmente se fizesse necessário, abafado.

* * *

O arquivo do *Correio da Manhã* continha exemplares de outros diários do Rio. Folheei-os. Todos mostravam longas listas de frequentadores da Vogue, mas nenhum citava os nomes dos empregados da boate, nem do hotel. Exceção feita à insistente menção ao ajudante de eletricista a quem logo foi atribuído despreparo para perceber o curto-circuito e tomar providências que contivessem o incêndio em seu início. Sempre acrescentando tratar-se de um migrante nordestino, ex-faxineiro até ser promovido à tarefa de ligar e desligar o comutador, ignorante, e a palavra ignorante aparecia várias vezes, ignorante de todo o restante das atribuições da função. Nas fotos, Antônio Cícero Rodrigues aparecia assustado, franzino, conduzido para o depoimento na delegacia.

A diferença entre a longa lista dos glamorosos e a inexistente dos funcionários me pareceu uma nova lição, ainda que indireta, sobre a escolha de personagens cativantes para o público, paralela à que Antonio Carlos Amarantes me ensinara de manhã, ao transmutar a parda suicida da gaveta 23 na bela mulata Veronica, e assim melhor emoldurar os anúncios de banha de coco. Só que Antonio Carlos Amarantes tinha morrido oito anos e nove meses antes de nosso encontro.

Todas as manchetes, de todos os jornais, de todas as reportagens por todos os dias subsequentes ao incêndio, adotaram os clichês jornalísticos da época, e repetiam palavras como *tragédia, horror, sinistro, fatalidade*. Nenhuma reportagem levantava a hipótese de incêndio de origem criminosa. Nenhum nome dos mortos despertou suspeitas. Nem o de Antonio Carlos Amarantes, quando apareceu. Muito menos o de Antonio Carlos Amarantes. Que deixara de existir anos antes de sua morte.

* * *

Nas fotos, os cortesões da Vogue pareciam, todos, belos e sorridentes habitantes de um refinado planeta distante, com seu sistema solar próprio, a anos-luz da construção de Brasília, exuberante e alegremente inconscientes do maremoto que a nova capital traria a suas douradas existências litorâneas.

Como outros três milhões e setenta e sete mil brasileiros, os aristocratas da Vogue iriam eleger presidente da República o mineiro Juscelino Kubitschek, em quem confiariam como mantenedor de seus privilégios, em vez do militar Juarez Távora ou do ex-governador de

São Paulo Adhemar de Barros. O país prosperava. A guerra na Europa, pouco mais que um incômodo distante para os brâmanes da Vogue, tinha acabado, o nazismo derrotado. Era hora de se divertir e fechar os olhos para o passado. Particularmente o de alemães e austríacos recém-aportados no Rio.

O dono da Vogue era um deles.

Dependendo da fonte citada pelo jornal, o austríaco Maximilian Stuckart era filho de um conselheiro do imperador Francisco José, e/ou militar da Força Aérea, e/ou dançarino de cabaré russo em Paris, e/ou proprietário, e/ou garçom de casas noturnas em várias outras capitais europeias após escapar de Viena, depois do *Anschluss* de 12 de março de 1938.

O mesmo *Anschluss* que escorraçou o judeu Otto Karpfen.

Stuckart não deixou Viena sozinho. Nem sozinho tentou a sorte em Paris, Nice, Biarritz, Marselha, Lisboa. Acompanhava-o um jovem militar atlético e de boa aparência. Chegaram juntos ao Brasil. Os nomes Maximilian Stuckart e Christian Holzer eram os que constavam nos passaportes que apresentaram e foram aceitos como genuínos pela polícia de fronteiras de Getúlio Vargas, notório simpatizante do ideário nazista, ao desembarcarem na capital do Brasil.

No Rio de Janeiro, Maximilian Stuckart ganhou fama, alguma fortuna, uma controversa identidade como barão. Holzer continuou a seu lado, de forma discreta, morando sozinho no andar mais alto do Hotel Vogue, assistindo Maximilian em assuntos pessoais e na administração de seus negócios, incluída aí a gerência da casa noturna, mantendo a forma nadando oito quilômetros toda manhã no mar de Copacabana, em qualquer estação do ano, pelos dez anos que viveu no Brasil. Por conta desse amor às atividades atléticas, ainda que de forma acidental, sua trajetória se cruzou com a de outro amante de natação no mar e de boa vida, um jovem brasileiro chamado Antonio Carlos Amarantes.

Stuckart perdeu tudo, menos o título nobiliárquico que a imprensa carioca e a casta dos glamorosos mantiveram antecedendo seu nome, naquele domingo de agosto. Até a natureza tropical contribuiu para a sua derrocada. A mesma que cruzara os caminhos de seu vigoroso assistente e do filho do laboratorista.

*   *   *

O vento sudoeste que começou no meio da tarde de 14 de agosto de 1955, e que se tornaria cada vez mais forte antes da chegada da frente fria, fenômeno banal no Atlântico sul, foi decisivo para a extensão do incêndio, concluíram os peritos, ao soprar labaredas e fumaça pela escadaria do hotel, de paredes forradas de madeira e degraus cobertos por carpetes. O curto-circuito deixara o prédio inteiro às escuras.

Subindo célere e isolando cada um dos doze andares, o incêndio envolveu os quarenta e oito apartamentos em um círculo de fogo e trevas. Quem tentou descer, em meio à escuridão e fumaça, não teve como atravessar as paredes de chamas.

O fogaréu já durava mais de uma hora quando os bombeiros chegaram. Não tinham holofotes ou alto-falantes. Quatro mangueiras estavam podres e estouraram sem levar água às chamas. A escada mecânica enguiçou na altura do sexto andar, quatro abaixo de onde os hóspedes tinham buscado refúgio. Tampouco dispunham de redes para amparar os que, encurralados pelo calor e pelo horror, terminariam por saltar.

Três corpos foram recolhidos na calçada, dois encontrados dentro do hotel. O sexto corpo só seria descoberto quando pás e marretas vasculharam o que restava da boate. Este era o que me interessava. Ou assim eu acreditava. Estava, mais uma vez, equivocado. E sendo enganado. Não percebi o que havia de salvação para mim, entre os mortos. Cego para o que estava diante dos meus olhos. Mais uma vez.

O cantor norte-americano Warren Hayes, apesar da queda do nono andar, ainda chegou com vida ao Hospital Miguel Couto, para onde os bombeiros o levaram. Sua agonia e dor no flagrante fotográfico na primeira página, transportado em uma maca, eram pavorosas. Dentro do apartamento 1003, os bombeiros encontraram, abraçados e carbonizados, os corpos do casal Waldemar e Gloria Schuler.

Do último andar, entre móveis esturricados e objetos estilhaçados, num guarda-roupas com o que sobrou de dezenas de ternos de linho e agasalhos europeus antiquados, ninguém citou, exceto por duas linhas em *O Jornal* e outra no *Diário do Distrito Federal*, de circulação minúscula, os fragmentos de um uniforme do Segundo Regimento da *Österreichische Luftstreitkräfte*, nem as páginas queimadas, entre tantas, no que havia sido uma escrivaninha, de um passaporte do Império Austro-Húngaro em nome do sargento-aviador Viktor Mihok Halasz. A foto havia sido devorada pelo fogo. Ali residia o administrador da boate, Christian Holzer, conhecido pelo excêntrico hábito de nadar de madrugada no mar de Copacabana, ausente desde o sábado, conforme mensagem deixada na recepção do hotel, em viagem de negócios pelo interior do Uruguai. As atenções se voltaram para seu patrão e conterrâneo Maximilian Stuckart, também fora do Rio no fim de semana.

* * *

Alguns anos antes do incêndio, desconhecendo as mutantes correntezas do mar de Copacabana, Christian Holzer tinha ido nadar antes do sol nascer, como aprendera com o pai no mar Báltico. Quando se percebeu cada vez mais longe da rebentação, achou que voltaria à praia com braçadas fortes nas tépidas águas do Atlântico, fáceis para quem se habituara ao frígido mar do norte europeu. Mas os trópicos engolem quem os subestima. Nadava, nadava, entretanto se via cada vez mais distante da linha dos prédios. Não tinha para quem gritar por socorro, mesmo que vencesse o embaraço de pedir ajuda, pois a praia estava vazia àquela hora. Já no fim de suas forças, ouviu uma voz próxima avisando para ficar calmo, pois o puxaria até terra firme, logo enlaçando Holzer pelo pescoço, com destreza e fôlego suficientes para vencer as correntes levando-o consigo.

Assim, Holzer e o ex-campeão carioca de natação Antonio Carlos Amarantes se conheceram e se tornaram amigos íntimos, o velho Amarantes acabaria por me contar. Assim ouvira do filho. Como nem tudo o que Antonio Carlos Amarantes dizia era bem a verdade, o início da relação dos dois homens solteiros e indiferentes à moral convencional pode ter sido outro. Gilberto nunca saberia.

Na Vogue, o atraente brasileiro, por sugestão de Holzer, adotou o nome Toni Amarantes, mais internacional e adequado para transitar pelos grupos da noite de Copacabana. Oficialmente, tornou-se fotógrafo na boate. Não era a única atividade a lhe dar sustento.

O corpo de Toni Amarantes foi encontrado dias depois do incêndio, ao iniciarem a demolição das ruínas da Vogue.

Não era propriamente um corpo. Eram restos mortais, cinzas e carne carbonizada, enegrecida e esmagada pelo peso da laje tombada. Estavam misturados aos cacos dos azulejos e louças sanitárias do banheiro exíguo, forrado da mesma grossa espuma de borracha que revestia inteiramente o camarim, isolando-o e impedindo a passagem de ruídos para o palco ao lado. Cabelos e todos os tecidos haviam sido consumidos pelo fogo. Como num forno crematório. Os bombeiros concluíram que Toni Amarantes ficara preso ali ao tentar fugir.

* * *

Maximilian Stuckart estava na Argentina no fim de semana em que a Vogue pegou fogo. Ao voltar de Buenos Aires na segunda-feira, *postou--se por uns dois minutos diante do prédio em ruínas*, dizia uma das reportagens, evitou dar entrevistas, *dizendo apenas que achava tudo aquilo muito brutal*, e foi hospedar-se no Copacabana Palace. Pouco depois, mudou-se para os Estados Unidos. A Justiça brasileira acabou por absolvê-lo, por unanimidade, de qualquer culpa pelas seis mortes.

* * *

Procurei em vão alguma notícia sobre o destino de Christian Holzer. Era como se não tivesse existido.

As fotos da geena da Vogue estavam no mesmo fichário de metal das noites festivas. Eram em preto e branco, a maioria em tamanho dezoito por vinte e quatro, uma ou outra amarelecida, sempre carimbadas e anotadas no verso com o *Quem-Quando-Onde* básico de qualquer notícia.

O título em todas era *Boate Vogue*, seguido dos nomes dos retratados e data do evento escritos levemente a lápis para evitar danificar a imagem, vários deles esmaecidos demais para serem lidos. Nesses casos, virava as fotografias, esperançoso de alguma informação relevante, mas me deparava apenas com mais um momento corriqueiro. A maioria dos nomes, com exceção de um playboy internacional, algum político sobrevivente ao tsunami Kubitschek, da loura ainda celebrada como uma das *dez mais elegantes do Brasil* e três ou quatro artistas, não significava nada para mim. O barão não aparecia tanto quanto imaginei.

Arredondado, sempre vestido formalmente, as bochechas cândidas como as de um querubim avelhantado, Maximilian Stuckart tinha a aparência de um colonizador europeu degredado nos trópicos.

Foi só depois de passar uma série de fotografias de um jantar em homenagem ao dono do haras vencedor de um grande prêmio no Jockey Club que uma figura em terceiro plano me chamou a atenção. Não porque fosse louro e bem mais alto do que a maioria à sua frente, quase todos morenos e atarracados, pois o barão também tinha o mesmo aspecto tudesco. Mas pelos ombros muito largos, desproporcionalmente largos, como um campeão de natação. Ele aparecia com o rosto virado, ou mesmo dava as costas ao fotógrafo. Em algumas tinha a mão no rosto, às vezes a esquerda, outras a direita, num gesto aparentemente casual, como o de alguém que ajeita os óculos. Mas o louro de ombros de nadador não usava óculos. Ele queria evitar ter o rosto fotografado.

Mexi em envelopes e pastas diferentes, todas marcadas *Boate Vogue*, agora expressamente em busca de outras fotos do louro a esconder o rosto. Vi e revi inúmeras. Sem encontrá-lo em nenhuma.

Voltei à festa do grande prêmio do Jockey Club, onde o descobrira primeiro. Folheei as fotos uma a uma, atentamente. Contava com minha boa visão, porém o necessário ali era mesmo uma lupa. Havia dezenas, mais possivelmente centenas de homens e mulheres em trajes semelhantes, elas de vestidos longos, eles de smokings, casais com cigarros ou taças de bebidas nas mãos, sorrisos congelados no rosto. Em nenhuma encontrei quem buscava.

Contudo, ao me deter na imagem da grã-fina mais elegante do Brasil, reclinada sobre seu segundo ou terceiro marido trigueiro, percebi ao fundo da boate um outro louro, também alto, também esguio, também com ombros largos como um campeão de natação. Segurava uma câmera. Seu tipo nórdico destacava-o da tribo tropical à volta.

Não precisei de lente de aumento para reconhecer o louro comprido que vira hoje de manhã, inerte e com três balas no corpo, na gaveta 41 do Instituto Médico Legal.

Orlando Roberto de Farias Hagger.

9.
Família(s)

Histórias de família. Melhor deixar quieto. Melhor não mexer nelas. Melhor não saber o que não se sabe.

O automóvel Mercury de estofamento macio e negro, as janelas fechadas por causa da chuvarada, a paisagem embaçada a correr e correr fora delas, Elisabeth e eu no banco de trás de cada lado da nossa tia, os sons dos trovões, o espocar dos raios, a pista encharcada, o voo sobre o abismo, o baque, a ravina da Serra das Araras, o silêncio dos adultos, os gemidos da minha irmã até cessarem, a canção de aniversário, os gritos das maritacas, a espera em tempo impreciso para a ignorância do sentido de tempo de uma criança, mas longo, longo, longo, isso eu sabia, sempre soube.

Não era verdade. Não inteiramente.

O incêndio, a fuga no meio das labaredas, uma porta aberta, um abrigo aparente, a fumaça intoxicante através das frestas do banheiro forrado de borracha antirruído, o atordoamento, a vertigem, o desmaio, o abraço das chamas, a carne devorada pelo fogo. Foi o que Gilberto Amarantes soube, o que lhe disseram, o que leu sobre a morte do filho. O corpo, o que sobrou do corpo, ele não viu, não quis ver. Pai e filho não se encontravam nem se falavam há anos. Tantos que nem Gilberto conseguiria se lembrar. Lembrava apenas da briga, da porradaria, dos móveis quebrados, da débil voz da mulher, gritando inutilmente *Parem, parem, pelo amor de Deus, parem*. Só pararam com Gilberto caído no piso da cozinha, sem forças, nariz e lábios sangrando. Um pai não esquece a lição que o filho lhe dá. O mundo é feito de trouxas e vencedores. O trouxa perde sempre. Mas não perdoa. De quem é a culpa?

Uma criança não sabe dessa divisão do mundo. Como poderia saber já ter sido definida a casta em que estava inapelavelmente incluído? Eu era uma criança. Eu era filho. Um filho não tem culpa do pecado dos pais. Eu era uma criança, apenas. Voando sobre o abismo.

Uma criança que rouba não é um ladrão, é apenas uma criança que pega o que acredita ser seu por direito. Ou necessidade. Não podem chamar de ladrão um menino que pega mariola no armário da despensa. Ou meias na lavanderia. Ou moedas na gaveta trancada de um inspetor, se aprendeu a abrir gavetas trancadas. Ou uma nota, ou duas, ou algumas, regularmente. Não é um ladrão quem pega o que necessita.

Não roubei a foto da Vogue. Peguei. Eu tinha esse direito. Peguei. Eu necessitava dela. Para os outros, era apenas uma foto velha, de um incêndio esquecido, registrando pessoas sumidas sem importância, num amontoado de fotografias de um acontecimento anacrônico, metidas em envelopes e pastas esquecidos num fichário velho de metal, prontas para o lixo. Como os corpos no IML. Lixo para os outros. Para mim poderia ser a salvação. Embora eu não soubesse o que fazer com ela, nem aonde me levaria.

Poderia mostrar na 5ª DP, levar a polícia até o Instituto Médico Legal, abrir a gaveta 41 e colocar a foto ao lado do rosto do morto. *Ecce homo!* E dali ir para o quarto da vedete decapitada em Copacabana. Talvez. Muito se explicaria. Talvez. O começo, pelo menos. A placa indicando a saída do labirinto. Seria o correto a fazer. Solucionaria um crime. Ou dois. Mas eu queria solucionar um crime, ou dois, ou fazer uma grande reportagem? A reportagem que abriria todas as portas?

O mundo era dividido bem claramente. Eu sabia em qual lado queria ficar. Eu tinha direito a esse lugar.

* * *

A luz acima da porta do laboratório fotográfico estava acesa. Aguardei que apagasse, abri sem bater.

"Não foi embora ainda, garoto?"

Encontrei algo, eu disse, acrescentando com incontrolável euforia, o sujeito, o homem louro que eu conheci hoje de manhã.

"Você disse que era moreno."

Louro, o da gaveta 41 do IML, louro numa foto da Vogue, o morto de hoje de manhã, exclamei, sem gaguejar, sem perceber que sorria.

Médicos e jornalistas falam de mortos com entusiasmo. Não sempre. É incorreto. É incompreensível para outras categorias profissionais. Não se deve. No entanto, passado o assombro inicial de não ter conseguido estancar uma hemorragia fatal, ou da devastação e corpos inchados por enchentes e deslizamentos, há um inevitável vibrato na voz do cirurgião, um agudo incontido na do repórter, um extravasamento desse sobressalto ao perceber que, diante das astúcias da morte, somos o idiota do vilarejo, assistindo ao massacre mongol fascinado com os berros, a correria, as fontes de sangue a jorrar de carótidas e corpos desmembrados dos aldeões. Lamento, mas assim é. Assim sou.

"Vá embora. Daqui a pouco o Jango vai chegar."

Não entendi, falei. Aqui?

"Ah, não fode, garoto. O presidente já saiu do apartamento em Copacabana, entrou no carro, está indo para o Palácio das Laranjeiras. Os decretos vão ser assinados lá. Vai ter uma caralhada de ministros. A merda toda das desapropriações, vai ser tudo sacramentado lá. Os fotógrafos vão começar a mandar material. Terei muito trabalho. Não me atrapalhe."

Só vim agradecer.

"De nada. Agora vá embora."

Decidi não contar nada para a polícia, informei, atento à reação dele. Nenhuma. Nem mesmo dar de ombros.

Vou escrever a reportagem para a *Folha da Guanabara* na primeira pessoa, começando com a vedete degolada em Copacabana, aí posso refazer minha odisseia pelo subúrbio e, então sim, eu lhe disse, entrar na sala dos mortos no IML e abrir a gaveta 41 do louro para os leitores. Ficará mais vibrante e mais atraente.

Triunfarei sobre os anúncios de banhas de coco e liquidificadores, pensei, sem dizer.

Já pensei no título, falei. *A odisseia de um repórter.*

Ele me olhou, com pena ou deboche, não tive certeza, ou pena e deboche, antes de voltar-se para as cubas e perguntar.

"Vai chamar isso de odisseia?"

Também me ocorreu um título com o nome do bairro, para dar ideia de sofisticação, como *Segredos revelados dos mortos grã-finos de Copacabana*. Ou *O grã-fino que morreu duas vezes e uma delas era uma falsa morte*.

"Sério?"

Ou *Os falsos mortos de Copacabana*.

"Que falsos mortos?"

Este, eu disse, com orgulho, exibindo a foto.

Amarantes sequer se virou para mim.

Olha aqui, insisti.

"Põe de volta de onde roubou", falou, atento unicamente à cópia que acabara de lavar.

Não roubei, só tomei emprestado, aleguei, como fizera sobre as notas de cruzeiros da gaveta do inspetor Heródoto, quando me levou para a sala do diretor, debaixo de cascudos.

"Põe de volta."

Primeiro tenho de levar para a polícia e mostrar a imagem de Orlando Hagger junto com o cadáver da gaveta 41, para acreditarem em mim.

"Você falou que não ia à polícia."

Primeiro vou falar com o editor da *Folha da Guanabara*. Quando ele aprovar *Os falsos mortos de Copacabana*, aí eu passo na 5ª DP, mas já como o repórter da matéria. De lá vamos ao IML e tudo o mais.

"Põe a foto de volta, moleque."

Ponho, depois eu ponho, mas antes preciso provar que não sou doido. É minha chance, preciso desta foto para a polícia acreditar em mim, para que o editor da *Folha da Guanabara* acredite em mim, preciso dessa foto, não vou devolver, não, tem tantas lá, ninguém vai dar falta, depois eu devolvo. Não sou moleque, encerrei, brandindo a foto, sou jornalista. Vale tudo pela notícia.

Foi rápido, tão rápido, tão inesperado, que só percebi quando seus dedos molhados de ácido se fecharam sobre minha garganta, apertando--a e me impedindo de respirar, enquanto com a outra mão tomava a foto. Rápido como um flash, me ocorreu o lugar-comum, o ar me faltando. A pressão em minha glote me fez ficar na ponta dos pés. Tossi. Tossi de novo. Quis pedir que por favor me soltasse, mas aquele não era um momento de polidez e favores. Era de fúria. Súbita e incontrolável, como a cólera brotada entre ele e o filho numa tarde, num sábado, na copa-cozinha de um apartamento da Rua Professor Gabizo, na Tijuca, muitos anos atrás.

Tentei derrubar uma das cubas próximas. Ele cingiu minha garganta ainda um tanto, eu já nem conseguia tossir. De repente me empurrou. Bati de costas contra a parede. O ar começou a me voltar. Sentia-me zonzo. Fui escorregando, até ficar de cócoras. Achei que ia desmaiar. Temi que avançasse contra mim. Nada aconteceu. Fui recuperando o fôlego. Pensei em erguer-me, mas também pensei se não estaria mais seguro permanecendo como estava, próximo da porta, inclusive, em caso de um novo ataque. Nada aconteceu. Nenhum movimento, nenhum som. Estranhei. Levantei os olhos. Gilberto Amarantes continuava no mesmo lugar. Imóvel. Espantado, parecia. Segurava a foto da Vogue com as duas mãos. Elas tremiam.

* * *

Gilberto Amarantes não levantou os olhos da foto, ao me perguntar.
"De quando é essa foto?"
Estava num envelope, respondi arfando, ainda receoso, de uma festa. Do mês anterior. Anterior ao incêndio.
"Julho de 1955."

Julho de 1955, confirmei. Última semana de julho. Um jantar, uma festa para o dono de um haras, do haras do cavalo vencedor do grande prêmio.

Ele continuava segurando a foto com as duas mãos e continuava tremendo.

"Quem você reconheceu aqui?"

O louro que está na, comecei, incerto se ele tremia de raiva ou de susto, o louro que hoje de manhã eu, continuei, sem saber se deveria me aproximar e ajudá-lo, pois parecia cambalear e buscar apoio numa prateleira abarrotada de embalagens plásticas com produtos químicos, ou me proteger.

"Quem?"

No canto da foto, eu disse, à direita, ao fundo da mesa do casal grã-fino com taças de champanhe e cigarros, o louro do fundo, bem no fundo e bem no canto, ao lado de uma mulher alta, ele, é ele, era ele.

"Com a câmera na mão?"

Sim, confirmei, Beto Hagger. Orlando Roberto de Farias Hagger. O do Aero-Willys que eu te contei. Dos três tiros. Na noite da final de *O céu é o limite*. O do assaltante que só levou o relógio. No Montedouro.

"Este?", ele trouxe a foto até perto de mim, com passos incertos.

Apontava o homem louro.

Este, sim, este.

Amarantes acendeu as luzes brancas do laboratório, me aturdindo por alguns segundos. Acocorou-se a meu lado.

"Olhe bem."

Sim, sim, sim, já disse.

"Olhe de novo."

Já olhei muitas vezes. Aqui, no arquivo, e lá, em pessoa, no Instituto Médico Legal. Muitas vezes.

"Tem certeza?"

Já disse, sim, sim eu tenho certeza.

"É o mesmo homem do IML? Olhe bem, preste atenção, a foto está granulada, você pode ter se confundido."

Não.

Ele mantinha a foto na minha cara. Por que duvidava? Por que me acuava?

Eu trago de volta, assegurei, fique tranquilo.

"Não. Você não vai levar nada."

É só um empréstimo.

"Se for este aqui", batia o indicador no rosto harmônico de Orlando Roberto de Farias Hagger, "se for este você, você, você pode estar se confundindo."

Este é o sujeito da gaveta 41, Orlando Hagger, aliás Beto Hagger, o morto do Montedouro, eu vi, eu tenho certeza, protestei.

"Este", Amarantes perguntou, entre os dentes, jogando a foto no meu colo, "este", suspirou afirmativamente, "este", repetiu, "este, este, este", falou olhando acusadoramente para mim, "este", sussurrou entre os dentes e achei que seus olhos se enchiam d'água, mas não, nenhuma lágrima se formou ou ele os fechou antes que rolasse e eu percebi que não tinha cílios e suas sobrancelhas eram formadas por raros fios cinza e brancos. A pele das pálpebras também tinha um tom acinzentado, como o rosto emaciado. Eu já tinha visto aquele tom de pele. O primeiro diretor da Instituição que conheci tinha aquele tom de pele, quando os internos fomos levados a visitá-lo, moribundo, no hospital. E nunca pude esquecer. Eu não sabia que era um dos efeitos de quimioterapia. Uma criança de oito anos não sabe o que é quimioterapia. Mas não esquece o rosto de quem o acolheu depois do voo na Serra das Araras. Quem, sem usar a palavra, considerava família. A última linha a rebentar.

"Este não era Orlando Hagger", ele balbuciou, mais calmo. "Este", Gilberto Amarantes engoliu em seco, "era o meu filho."

Famílias. Histórias de famílias. Melhor deixar quieto. Melhor não mexer nelas. Melhor não saber o que não se sabe. Algumas vezes, no entanto, é inevitável. Se seu filho é um criminoso, você faz o quê?

Gilberto Amarantes também teria preferido não mexer no passado do filho. Não conseguiu. O passado foi até ele. Eu levei.

* * *

Das atividades do filho, no começo sabia apenas do salvamento de um austríaco nas correntezas do mar de Copacabana, e que o gringo, num ato de gratidão, lhe oferecera um emprego na boate onde era diretor. Como Antonio Carlos Amarantes e Christian Holzer realmente se conheceram e se tornaram íntimos, não importa. Nem jamais será sabido. Foi no pós-guerra, quando verdades e identidades eram fluidas e variavam segundo a necessidade da esperança de sobrevivência dos que tiveram mais sorte ou foram mais espertos.

Antonio Carlos Amarantes se tornara fotógrafo da boate Vogue, isso era fato. Adotara o nome Toni Amarantes, isso também era fato. Logo se mudara da Tijuca para Copacabana, fato. Sempre arranjava uma desculpa para impedir que o pai conhecesse o apartamento, fato. O que era até natural num jovem solteiro, rodeado de mulheres acessíveis, que vivia na noite e dormia de dia, fato, como fato também os presentes dados à mãe, assim como as quantias em dinheiro vivo ao pai, maiores a cada vez, mais valiosas a cada anel ou colar para a mãe, as roupas agora feitas sob medida, ternos de linho, meias de seda, sapatos de pelica e camurça, e um dia, fato, um carro conversível americano, bicolor, emprestado por um amigo de seu amigo austríaco, dissera Toni, e de novo o mesmo automóvel bicolor de capota arriada em outra visita, desta vez tornado propriedade do patrão austríaco, fato, e uma pulseira de pérolas para a mãe, fato, e maços de cruzeiros para Gilberto Amarantes, fato, e perfumes, e uísque e artigos importados, fato, fato, fato, impossíveis para um rapaz sem maiores habilidades, num trabalho modesto de fotógrafo da noite.

* * *

Toni Amarantes não era um rapaz sem maiores habilidades, como acreditava o pai. Seu verdadeiro trabalho nada tinha de modesto.

Imaginei, logo ao início do relato do pai, jogos de chantagem utilizando as mulheres avulsas da Vogue, seus clientes em cargos estratégicos da administração pública e multinacionais, e algum tipo de câmera com filme sensível o suficiente para registrar atividades carnais na penumbra dos quartos do hotel acima da boate.

Tolice minha. Simplismo.

Pobreza de imaginação de quem nunca circulou nas altas rodas.

* * *

Numa redação, sabe-se muito mais das atividades de políticos, executivos, industriais, ricaços, cardeais, atletas e seus pares, generais e seus netos, presidentes e seus filhos, indiscrições tanto profissionais quanto pessoais, do que jamais será estampado nas páginas de revistas e jornais. Mesmo as que se alimentam de escândalos. Por lá circulam muito mais notícias e revelações, bastidores de acontecimentos e as chamadas *informações de coxia*, até mesmo mexericos, danosos ou inócuos, nomes de amantes, sócios secretos, maridos complacentes, negócios escusos ou apenas silenciosos que não chegam a público, seja porque há investigações em andamento e aguardam confirmação, seja por conta de tratamento sigiloso de doença terminal capaz de derrubar a bolsa de valores e disparar o dólar, seja porque a fonte de informação é inimiga ou uma mesma mulher partilhada pelo jornalista e pelo deputado, seja por envolverem figuras poderosas demais para serem cutucadas ou por seu estreito relacionamento comercial ou familiar com os proprietários da publicação. Muito do que se ouve ali morre ali. Mas, na redação, os jornalistas sabem. E acabam comentando entre si.

Assim Gilberto Amarantes tomou conhecimento de que um dos frequentadores da Vogue, casado com uma das mulheres mais elegantes do Brasil, oficialmente intermediava a venda de tanques, lanchas, fuzis, metralhadoras, bazucas e munição para as Forças Armadas brasileiras e, extraoficialmente, vendia o suposto excedente das importações para forças paramilitares que buscavam conquistar o poder no Peru, na Bolívia, no Chile e onde mais houvesse insatisfação com governos eleitos.

Alguns militares brasileiros eram bem remunerados para ignorar a circulação e transporte desses excedentes. A partilha pela cegueira era feita em dólares. Milhares de dólares. Alguém precisava se encarregar dessa entrega, em dinheiro vivo, aos bons companheiros de caserna. Uma pessoa incapaz de despertar suspeitas. Um jovem com fama de michê, por exemplo.

* * *

Quando jovem, o mecânico húngaro Viktor Halasz descobriu um talento maior do que a habilidade para lidar com motores de aviões. O de seduzir homens mais velhos, militares, civis, plebeus e aristocratas. Um deles acabou por incluí-lo em seu próspero negócio silencioso e internacional de venda de armas. Com ele, Halasz circulou entre a Força Aérea austríaca enquanto ela existiu, os gregos e franceses pró-Hitler e a resistência antinazista na Grécia e na França, os guerrilheiros comunistas iugoslavos do marechal Tito e os paramilitares belgas direitistas do Vlaams Nationaal Verbond, equanimemente atendendo, em troca de fartos guldens, francos, libras e florins, à necessidade de pistolas e rifles, sem preconceito de ideologia ou nação, assim como alimentos, cigarros, pílulas estimulantes, documentos bem falsificados e documentos verdadeiros de combatentes abatidos, até que as forças aliadas avançassem sobre os territórios tomados pelo Eixo. Muitos anos depois do *Anschluss*. Foi então que o versátil húngaro achou ser tempo de tentar a vida nos trópicos e embarcou em Lisboa, exibindo o passaporte do tenente Christian Holzer, um dos 72 mil mortos na retirada de Leningrado, em janeiro de 1944, comprado por poucas centenas de guldens de um dos soldados sobreviventes.

Desembarcou no porto do Rio de Janeiro acompanhando um senhor austríaco, um suposto barão, a quem sua intensa virilidade encantara.

Embora Viktor Halasz, agora Christian Holzer, conhecesse os atalhos do negócio de armas, tendo aberto as portas dos fornecedores e se associado ao marido pernambucano da mulher mais elegante do Brasil, de família influente desde os tempos do Império de Pedro II, o fato de ser estrangeiro, com biografia nebulosa, emperrava melhor circulação entre os militares, muitos deles chegados da campanha aliada em territórios italianos, contentes de embolsar o soldo extra, mas sensíveis a filigranas éticas, sempre que possível.

Um encontro nas areias de Copacabana, ou nas águas do mar de Copacabana, seja qual for a versão verdadeira, deu a Halasz, transmogrificado em Christian Holzer, um intermediário ideal, e colocou Antonio Carlos Amarantes no caminho da fortuna. E da morte.

* * *

Numa redação, sabe-se muito mais do que é noticiado. Lá, um dia alguém contou para Gilberto Amarantes. As pessoas contam. Sempre alguém conta. Como me contaram do meu pai, dos acontecimentos anteriores ao acidente com o Mercury grená, da conclusão da perícia.

Um dia alguém conta.

Primeiro Toni Amarantes negou. Uma, duas, várias veementes vezes. Depois, mostrou-se indignado. Acusou de caluniadores homofóbicos os colegas do pai, e ao pai de tentar intrigá-lo com a mãe. Em algum momento, que Gilberto não sabia precisar, Toni gritou não ser da conta de ninguém como ganhava a vida, que era apenas o elo entre vendedores de armas e militares patriotas, acusou pai e mãe de saberem que os presentes caros e os maços de cruzeiros não poderiam ser fruto do trabalho de fotógrafo de boate e preferirem fechar os olhos. A mãe começou a chorar. Toni chamou-a de hipócrita e ao pai de aproveitador. Gilberto xingou o filho de cafetão de veado, Toni lhe deu um tapa na cara, Gilberto devolveu com um sopapo, aos quais se seguiram outros, e outros mais enquanto a mãe gritava *Parem, parem, pelo amor de Deus, parem*, sem conseguir apartá-los. Os dois homens continuaram a se bater e se empurrar, logo estavam a se socar, um deles cambaleou e bateu com a cabeça na cristaleira, derrubando bibelôs e meia dúzia de taças de vinho e tulipas de cerveja, um deles jogou um copo na cara do outro, um deles virou a mesa com o bule e as xícaras do café que tinham começado a tomar, um deles deu um chute nos colhões do outro, um deles pegou uma faca, um deles derrubou o outro, os dois brigaram e se cuspiram, tentaram estrangular um ao outro até Gilberto perder os sentidos, caído entre respingos de sangue dele mesmo e de Toni, no piso de ladrilhos hidráulicos portugueses do velho prédio da Tijuca.

Foi a última vez que se viram.

Quando a mãe doente faleceu, o pai não avisou o filho.

* * *

No domingo do incêndio, o nome de Antonio Carlos Amarantes não apareceu entre as vítimas. Só dois dias depois, quando iniciaram a demolição e a limpeza dos destroços. O corpo de Toni Amarantes foi reconhecido por uma *girl*, o pai se recusou a providenciar sepultamento para o que restara do filho.

O filho, porém, não morrera no incêndio da Vogue.

Toni Amarantes continuara vivo, morando num apartamento da Rua Viveiros de Castro com a *girl* bela como a mulher do xá da Pérsia, administrando a rede de lojas de material de construção da família Boilensen-Hagger em vários pontos do subúrbio carioca e ajudando suas afiliadas pelo país, antes de morrer de verdade, nove anos e sete meses depois, com três balas calibre 32, num assalto canhestro, nas proximidades de uma favela no bairro do Montedouro, onde vivia sua mãe, Abigail de Farias Hagger. Onde a mãe de Beto Hagger vivia. Vivera.

Nove anos e sete meses é um longo tempo. Demasiado longo para um impostor usufruir da fortuna de uma pessoa viva sem ser percebido, nem denunciado.

A não ser que as testemunhas dessa duplicidade não estejam mais vivas.

A não ser que à sua volta o impostor conte com outros impostores.

10.
Invisíveis

A gaveta 41 estava vazia.

Toni Amarantes desaparecera mais uma vez.

"Ele nunca estava realmente em lugar nenhum, mesmo quando se encontrava por perto, mesmo quando sabíamos que brincava por ali, não ouvíamos nada, não o encontrávamos quando íamos procurá-lo, nem eu, nem a mãe dele, desde criança Antonio Carlos parecia invisível", o pai me dissera, não sem alguma admiração.

Invisível é quando os outros não nos veem. Não é uma qualidade que se escolha. Nem mágica voluntária. É uma maldição. Eu sei. Acontece comigo.

Fechei a gaveta onde Toni não estava.

Ser invisível só não é maldição para quem encontra meios de se aproveitar dela.

Permaneci em frente à 41, sem conseguir me mover. Encostei a testa no metal frio de uma gaveta acima de onde Beto Hagger jazera pelas últimas duas semanas, ou dez dias, já não me lembrava direito. Onde Toni Amarantes permanecera, vitoriosamente incógnito, em sua identidade roubada.

Beto Hagger era Toni Amarantes. O louro Toni, fotógrafo de celebrações dos ociosos, filho do laboratorista Gilberto Amarantes. O louro Antonio Carlos Amarantes, o Toni sócio brasileiro do louro húngaro Viktor Halasz, aliás Christian Holzer, no comércio clandestino de armas, se transmutara no louro Orlando Roberto de Farias Hagger, no louro Beto Hagger, filho do dinamarquês Mathias Robert Boilensen-Hagger, de quem herdara a rede de lojas Big Brasil de materiais de construção.

Toni desaparecera no incêndio da Vogue, trancado dentro do camarim, sufocado por fumaça toxica, roído pelas labaredas de materiais inflamáveis. A morte foi confirmada, os restos mortais reconhecidos. Por uma *girl*. Pálida, eu seria capaz de apostar. Altiva como uma princesa, intuí. Como uma princesa persa.

Toni desaparecera no incêndio da Vogue, um novo Beto Hagger nascera das chamas.

Eu estava perplexo.

Mas não pelas razões óbvias.

Naquele momento, o corpo de Toni Amarantes estaria sendo aberto da garganta aos testículos pelo bisturi de um professor de anatomia, talvez levado para sepultamento por alguém que não a degolada princesa persa a quem seus restos mortais pertenciam, ou despejado em algum aterro onde suas entranhas e ossos terminariam sob novas pistas de pouso de jatos transcontinentais, ou sob fossas de casas populares do bairro a brotar na periferia onde houvera brejos alagados. Triturado, misturado a cimento e brita, ou dissecado, ou até mesmo enterrado anonimamente, não eram hipóteses que me chocavam. Minha perturbação tinha outro motivo e começara a me tomar sem que eu percebesse.

* * *

Carreguei a foto dele ao sair do *Correio da Manhã*. Mesmo contra a vontade, com o compromisso de devolver após a denúncia na 5ª DP, Gilberto Amarantes permitiu que levasse a imagem do filho na festa do Jockey Club. Mas antecipou que seria inútil. Quis saber por quê.

"Conheço essa gente."

Que gente, Amarantes?

"Passe no IML primeiro. Vá lá, antes de procurar a polícia."

Por quê?

"Aposto que o corpo de Antonio Carlos não está mais lá."

Se estava até hoje de manhã, argumentei, depois de largado por quase duas semanas, o corpo continua lá.

"Aposto que levaram embora. Aposto que os planos deles deram errado."

Eles quem?

"Eles, os que mataram Antonio Carlos."

Um assaltante matou seu filho.

"Eles mataram."

Eles, que eles?

"Os planos deles deram errado."

De que *eles* você está falando, Amarantes? De que planos?

"Eles, eles, eles", Amarantes repetiu, impaciente. "Eles, é claro, eles, os mesmo que armaram o incêndio da Vogue, os mesmos que aliciaram o Antonio Carlos, os mesmo que vendem armamentos para os aspirantes a ditadores na América Latina, os mesmos que mataram e deixaram derreter algum pobre coitado no banheiro da boate, os mesmos que drogaram você, que trancaram você com uma vedete decapitada em Copacabana, eles, garoto, os mesmos, garoto, os mesmos que meteram você nesta farsa, está na cara que os planos não deram certo."

Quais planos não deram certo?

"A mulher degolada no apartamento da Viveiros de Castro quando você estava preso no quarto de empregada, alguma coisa deu errado ali, não vê que não faz sentido, ela morta, você livre, todos os outros mortos do Hotel Vogue, gente demais, foi um erro, foi um erro além da conta, seis pessoas, não era para matar todos eles, não percebe, o belga, o casal em lua de mel, o cantor americano, os hóspedes que não aguentaram o calor e pularam, a escada que emperrou, as mangueiras furadas, as redes sumidas, está na cara que, em algum ponto, os planos deles desandaram."

Quem, quem, Amarantes, quem são eles?

Estávamos rodeados por ampliações de fotos do comício. Amarantes olhou para elas, olhou para mim, sacudiu a cabeça, incrédulo.

"Não vê?"

O que, Amarantes?

"Não sabe o que está acontecendo em Minas Gerais, garoto? Não sabe das milícias financiadas pelo governador? Não sabe quem é Magalhães Pinto? Ligas Camponesas, sabe o que são, o que querem? Conhece Francisco Julião? Brizola? Jango, um estancieiro rico, virar patrono de reforma agrária, não percebe o contrassenso? A Rebelião de Jacareacanga, sabe o que foi, quem estava por trás dos oficiais da aeronáutica amotinados? Os militares que queriam bombardear o Palácio do Catete no governo Juscelino, não lembra? Não percebe o que estão preparando?"

O governador de Minas, o líder das Ligas Camponesas, o cunhado de Jango, desses eu sabia, claro. Mas o governo de Juscelino era remoto demais para mim, apenas um menino na Instituição na época. E a conexão entre política e os crimes próximos de nós, essa era sem nexo, eu lhe disse. Amarantes apenas continuou sacudindo a cabeça.

"Está vendo estas fotos? Percebe o que registram? Aonde vão levar? Tem ideia de que dia é hoje?"

Treze de março.

"Hoje é um mau dia, garoto."

Por quê?

"Havia essa mesma atmosfera, pesada e agourenta, em 24 de agosto de 1954. Estava no ar, no dia que Getúlio Vargas se matou. Você acredita na história de que ele se suicidou? Esse mesmo clima carregado e funesto de hoje. Era possível sentir naquele 24 de agosto o mesmo cheiro de tempestade se aproximando. Não sente?"

Eu tinha dez anos quando Getúlio morreu. Só me lembro de suspenderem as aulas na Instituição.

"Ninguém te informou que hoje, 13 de março, agora mesmo, o presidente Goulart, dono de fazendas, herdeiro de Getúlio Vargas, vai subir em um palanque pregando reforma agrária e a nacionalização de empresas norte-americanas?"

O que isso tem a ver com a morte de Toni, indaguei, incapaz de seguir o raciocínio.

"Eles, eles", gritou, abrindo os braços e girando-os, num gesto incompreensível, "Eles não vão aceitar, não vê, garoto, não compreende que eles não vão engolir? Você é burro, você é cego ou o quê?"

O incêndio foi há quase dez anos, foi em Copacabana, objetei, causado por um curto-circuito, aumentado por elementos incontroláveis, pelo vento, pelos revestimentos altamente inflamáveis. Toni foi morto na semana passada, ou na retrasada, por um assaltante no subúrbio do Montedouro. Como dois acontecimentos tão díspares, tão distantes em tempo e espaço, fatalidades, obra do acaso, obra do, sei lá, destino, obra do azar, como podem um incêndio na década passada e um assalto de poucos dias atrás ter a ver com um comício acontecendo neste momento na Central do Brasil?

"Burro", sussurrou, mais calmo. "Cego."

Me explique, então.

"Vá embora, garoto. Não tenho nada com essa merda em que você se meteu, não quero me envolver, meu filho foi morto, o filho do gringo foi morto, seis pessoas torraram naquele lugar, se eu fosse você voltava para casa na sua cidadezinha, abria um armazém e apagava da memória o dia de hoje", encerrou.

Eu teria lhe dito que não tinha casa nem cidade para onde voltar, mas ele me empurrou para fora do laboratório e trancou a porta.

* * *

Caminhei as seis quadras do *Correio da Manhã* até o Instituto Médico Legal, na esquina da Rua Mem de Sá com a Rua do Resende. O caminho ainda era pontilhado por sinais de quando aquele era o percurso de caleches a trazer e levar para o bairro de São Cristóvão os ociosos da corte do imperador do Brasil. Um século antes de Pedro II, descendente dos mesmos Habsburgo soberanos do Império Austro-Húngaro ao qual

Viktor Halasz servira antes do *Anschluss*, e de adotar a identidade de Christian Holzer, ali fora trilha de escravos fugidos, de lavadeiras, de matadores de porcos, da ralé da capital da mais rentável colônia portuguesa.

Passei por sobrados dilapidados do início do século XX, transformados em puteiros e cortiços, por um Hôtel du Luxembourg de 1868, do qual restara a fachada com nome e data em alto-relevo, ainda ornada por balcões de ferro abaulados com desenhos intrincados, corroídos por ferrugem, forjados e trazidos de serralherias inglesas, vizinho a um terreno baldio onde pés de mamona irrompiam de montoeiras de tijolos, telhas e vigas do que restara do casarão de uma família burguesa da Primeira República, seguidos de prédios de décadas recentes já exibindo manchas de umidade, caixotes de seis a dez andares sem estilo, entupidos de apartamentos ínfimos. Colada na janela de um deles, uma cartolina manuscrita anunciava: *Aluga-se quarto por ora*. Não entendi se era comentário sobre a transitoriedade da situação do locador ou um *H* esquecido. Uma mulher se oferecia próximo à entrada.

Nosso excelentíssimo presidente chegará dentro em pouco,

ouvi, entrecortada pelo clangor de um bonde a passar, a voz de um locutor em algum rádio próximo,

... aqui por estas vias e avenidas..., ... em companhia de..., ... sob a avalancha de aplausos que..., ... multidão compacta de proletários e..., ... enquanto no Palácio das Laranjeiras Sua Excelência prossegue no ato de assinar decreto..., ... verdadeiro teor democrático, em respostas aos anseios e às reivindicações...

Ao longo do percurso eu tinha, pulsando incontroláveis, lado a lado, duas mesmas imagens na cabeça. O homem louro e alto, vestido com esmero aprendido, uma câmera na mão, os olhos claros voltados para uma mulher também alta, também vestida com apuro, e o mesmo homem alto e louro, nu, pálido como uma folha de papel descartada, os olhos azuis semicerrados, deitado em uma gaveta de metal, com duas marcas arroxeadas no peito e uma no pescoço, das balas calibre 32 retiradas pela autópsia.

Toni Amarantes me assombrava.

E não pelas razões óbvias, eu repetia para mim mesmo, enquanto andava, ouvindo e deixando de ouvir, e voltando a ouvir, em ondas vindas dos botequins e bares em meu caminho, o som dos rádios e televisores sintonizados na transmissão em cadeia nacional das exortações ao novo futuro nacional.

"O mundo é feito de espertalhões e trouxas, garoto. Os que dominam os truques do mundo e os que", o pai de Toni Amarantes dissera, e eu agora involuntariamente completava, acabam seus dias empurrados e trancados dentro de armadilhas mortais.

Como Beto Hagger.

Como eu?

De modo ordeiro e pacífico, portando incomensurável quantidade de faixas, cartazes, muitas bandeiras vermelhas e igualmente numerosas bandeiras do Brasil, mais de cem mil trabalhadores ocupam neste momento histórico..

... cercanias da Praça da República, da Avenida Presidente Vargas, do Campo de Santana e todas as ruas próximas ao Ministério da Guerra, ovacionando a chegada de...,

continuava outra voz, mais exultante ainda, quiçá a mesma, eu não saberia dizer. Minha cabeça estava em outro lugar. Não caminhando pela calçada da Rua do Resende. Na esquina das Avenidas Atlântica e Princesa Isabel, estava.

O que ouvia não era a zoeira do trânsito, a euforia dos *speakers* oficiais, o alarido de aplausos ao fundo das transmissões. Eram outros gritos. Berros. Desesperados. De um homem se debatendo, chutando, esmurrando a porta do banheiro do camarim de uma boate de Copacabana, cercado por labaredas, clamando por um nome, ou amaldiçoando um nome, implorando para ser retirado do cubículo forrado de espuma de borracha, sentindo a aproximação do abraço da morte.

O que mais me alarmava, o que realmente me espantava, conforme me aproximava do Instituto Médico Legal e sentia o cheiro de putrefação se infiltrando e grudando pelas paredes das minhas narinas, era o meu sentimento.

Eu entendia a necessidade daquela morte.

Mais, até.

Eu apoiava aquela morte.

* * *

É imoral, eu sei. Atenta contra todos os preceitos de humanidade, compaixão, integridade. Eu sei. Eu aprendi. Não sou um monstro. Minha reação, a mim também me chocava. Uma pessoa digna, com senso de justiça, jamais pensaria dessa forma, jamais aprovaria as razões para a morte de Beto Hagger. Quaisquer que fossem. Eu sou uma pessoa correta. Eu me comovia com o sacrifício do inocente Isaac, vítima da fé servil de seu pai Abraão, e me indignava com a vileza do lascivo rei David, levando Urias à morte na frente de batalha para tomar-lhe a esposa, nas aulas de religião. Eu acreditava, e ainda acredito, em minha própria decência. No entanto, para assombro meu, para minha perplexidade, eu passara a pensar em Toni Amarantes com a mais profunda, a mais sincera, a mais genuína admiração. Identificação. De sobrevivente para sobrevivente.

Prosseguindo pela Rua do Resende, eu compreendia que meu, ouso dizer, arrebatamento por Toni Amarantes começara não no panorama de astúcias enumeradas pelo pai, não nos envelopes de fotos onde era indistinto dos endinheirados, não nas páginas sobre o incêndio em que morreu e ressuscitou. O início fora muito, muito antes. Começou a ser formado, como uma célula a se reproduzir sem sinais a seu portador, numa estrada federal alagada, quando o Mercury grená de um outro pai saíra da pista e voara por cima das copas das árvores do que ainda restava da floresta encontrada pelos colonizadores portugueses.

"Esta marca na sua testa, você sabe o que significa, não sabe?"

Uma cicatriz no rosto de um menino nem sempre é apenas o registro de um voo que ele preferiria esquecer. Pode ser um sinal, também. O primeiro sinal.

"Não sabe, garoto?"

Todos queremos, todos um dia desejamos, todos, indistintamente, de uma forma ou de outra, voluntária ou inconscientemente, todos ansiamos trocar nossa vida por outra, adotar uma nova identidade, encarnar em outra pessoa, alguém diferente do que somos ou nos formamos, alguém que os fados ou a genética não permitiram que nos tornássemos. Todos sabemos que é impossível. Acordado de madrugada, insone no dormitório da Instituição, afundado em meu isolamento, eu sabia. Aquela era minha vida. Nunca haveria outra. Aquela, esta, ontem, hoje, amanhã, a única vida possível.

E se não for?

E se um dia, por conta de um episódio fortuito, diante do tropeção da sorte, por conta de um toque quase imperceptível em um aperto de mão, ou no olhar carregado de significação inesperada, numa ida à praia quando o dia ainda nem amanheceu, num mergulho, em braçadas sem rumo, os tais fados decidirem fazer um jogo com outras cartas que não as iniciais, e abrirem portas para uma conjuntura favorável, apresentarem uma oportunidade impensável, mas razoável e alcançável, para a transferência a uma nova identidade? O que faria um ser humano normal, sem perversões maiores, sem tampouco talentos especiais, consciente de que suas ambições estão além do que sua capacidade de alcançá-las?

A marca na testa.

Quem tem reconhece a do outro.

Como num espelho.

"Esta marca na sua testa, você sabe o que significa, não sabe?", o professor de religião apontara um dia.

Não, eu não sabia o que era a marca de Caim.

Ainda.

* * *

O destino trouxe às correntes do mar de Copacabana e entregou nos braços de Antonio Carlos Amarantes um sobrevivente húngaro da Segunda Guerra Mundial, que reconheceu nele outro sobrevivente com a mesma marca invisível, um brasileiro tosco, mas pronto para ser moldado aonde quer que a ambição e a adaptabilidade de seu caráter o pudessem conduzir.

Modelado por Viktor Halasz/Christian Holzer, nasceu ali Toni Amarantes, cativante no trato com os ociosos da Vogue, amante acessível, mensageiro e logo intermediário entre compradores e vendedores de armas, e silente entregador de propina. Toni. Uma boa segunda identidade para um rapaz sem aptidões especiais.

Mas não o bastante para o rapaz invisível da insípida zona norte, ardendo pela existência multicolorida da zona sul.

11.
Espelho

Rapazes invisíveis podem ser tomados por ambições extremas. Em geral, não ousam atravessar as fronteiras para chegar a elas. Outras vezes, é questão de tempo. E oportunidade.
Toni Amarantes usou a sua, quando o momento chegou. Não que a tenha percebido imediatamente.

Quem o alertou e orientou foi o mesmo mentor que o treinara a usar os talheres e taças adequados para cada prato, o levara a trocar o chiado carioca de classes populares por pronúncia neutra de vago *stratum* social, o fizera decorar suficientes palavras em inglês e francês para espargir em conversas com pedantes da Vogue e, principalmente, ensinara a astúcia de manter-se calado a maior parte do tempo. Seus limites não seriam expostos, pareceria mais inteligente, conheceria melhor seu interlocutor. Vaidosos amam o som da própria voz, acreditam que aos outros encantará ouvi-los falar sobre suas vitórias. Cedem informações como um papa distribuindo indulgências. Informação, Viktor, aliás Christian, repetia a Toni, é, sempre, poder.

A oportunidade surgiu na figura de um rapaz de sua idade, de mesma altura e porte, igualmente louro, igualmente bronzeado por horas indolentes ao sol, também de olhos claros, cordial e superior como cabia ao herdeiro sem tarefas das lojas Big Brasil de material de construção.

Mas disso Toni Amarantes ainda não sabia, nem seu instrutor húngaro, quando Beto Hagger entrou na Vogue, levemente bêbado e drogado, conduzido por uma *girl* altiva, de cabelos muito pretos, pálida como um afresco persa. Era madrugada de quinta-feira, a boate se esvaziara.

O louro recém-chegado e o camafeu que o tocava com tranquilo domínio cruzaram a pista de dança, alheios ao pianista buscando notas para o arranjo de um novo samba-canção composto pela cantora ao seu lado, até chegarem à área das mesas, no limite da qual estava o louro fotógrafo. Sem a câmera. Sem atenção. Sem qualquer particular interesse no casal atravessando as sombras na direção em que ele se encontrava.

Então, aconteceu.

Os dois homens ficaram frente à frente.

Beto Hagger vestia um *summer jacket* feito sob medida num alfaiate da londrina Savile Row. O tom marfim do paletó de panamá destacava o dourado da pele bronzeada de seu rosto eslavo.

Toni Amarantes vestia o *summer jacket* herdado de seu mestre. O tom marfim do paletó de panamá, ajustado para sua cintura mais estreita, ressaltava o tom dourado da pele bronzeada de seu rosto visigodo.

Cada um se sentiu diante do espelho.

Nenhum dos dois soube o que fazer em seguida.

Por trás do pianista e da cantora, ao fundo da boate, junto à entrada do camarim, o ex-mecânico da Força Aérea austro-húngara, hábil com motores e troca de identidade, acendia o cigarro de fumo turco que acabara de enrolar quando viu o encontro e a indecisão entre seu pupilo e o duplo. Foi questão de menos de um minuto. Alguns segundos, mais provavelmente. Um alento cúmplice, um fascínio inquieto pelo outro, cruzava-se. Dois homens em silencioso e involuntário arrebatamento de cada um por si mesmo, na figura do outro. Um átimo. Registrado por Viktor Halasz com o apetite de um predador.

A condutora de Beto Hagger também percebeu a eletricidade entre os dois homens. Imediatamente agiu. Pegou as mãos de cada um, conduziu-os até um sofá estreito, sentou-os, um de cada lado. Os três ficaram muito próximos. Suas pernas se tocavam. Ela sorriu para cada um deles, colocou as mãos em suas coxas e sussurrou algo ao ouvido de Beto, em seguida ao de Toni. Os dois homens se olharam. Uma vez mais, como num espelho. *Ele sou eu*, cada um pensou.

Viktor aproximou-se da mesa levando uma garrafa de champanhe francês e três taças, apresentou-se aos recém-chegados como Christian Holzer, fez sinal a Toni para que não se levantasse. Foi convidado a se sentar, puxou uma cadeira, agradeceu, serviu as taças.

A conversa do quarteto fluiu sem percalços. Holzer/Halasz sabia como fazer uma conversa fluir, e o leve cantado de seu sotaque, dobrando os erres, trocando os *cês* por *zês*, acrescentando *enes* em terminações com vogais duplas, divertiu Orlando Roberto de Farias Hagger e sua acompanhante. Logo estavam todos rindo juntos. Como bons companheiros, comentou o herdeiro, um tanto mais descontraído que de hábito, após mais um comprimido de Pervitin tirado do bolso interno do *summer jacket*, bons companheiros como os que fizera entre os *Nordschleswiger*, na Jutlândia, onde vivera nos últimos anos.

Viktor/Christian mostrou conhecer minúcias da região ao sul da Dinamarca, descreveu como a Alemanha instalara ali corporações militares na Segunda Grande Guerra, com o apoio da *Danmarks Nationalsocialistiske Ungdom*, a Juventude Socialista, dos governantes e de boa parte da população local, a mesma anos depois bombardeada pelo tenente-aviador austríaco Christian Holzer após esses outrora aliados nazistas se bandearem para os invasores russos, ingleses e americanos. Era verdadeiro Viktor Halasz ter conhecido a Jutlândia, onde o ofício de mecânico o levara. O tenente Holzer, contudo, nunca estivera por lá, servia na infantaria despachada para o front russo, estraçalhada na retirada de Leningrado.

As lembranças da Jutlândia, o champanhe, as pílulas tornavam o jovem Hagger mais alegre e mais falante a cada momento.

Viktor formatava um plano.

A seus recentes bons companheiros, o herdeiro admitiu que a guerra era assunto incômodo, pois seu pai fora associado dos ocupantes alemães da Dinamarca, antes de vir para o Brasil. Viktor tranquilizou-o, lembrando que a guerra acabara seis anos atrás, que até os norte-americanos agora aplaudiam as conquistas do Terceiro Reich, havendo mesmo contratado o cientista Wernher von Braun e mais 1.600 engenheiros e técnicos alemães a quem antes execravam pelos bombardeios a Londres. Na Áustria, e em outros países libertados pelos aliados, a administração pública e os negócios continuavam tocados pelos mesmos eficientes funcionários e diretores dos tempos do Eixo.

Nas taças seguintes, o jovem Hagger revelou que, no Brasil, o pai se unira a antissemitas do governo Vargas, ajudara a financiar e armar grupos pró-Eixo, utilizando a distribuição de sua rede de lojas, até Getúlio ceder à pressão de Franklin Roosevelt e declarar guerra a Mussolini, Hitler e Hirohito. A compensação, acrescentou, foi confiarem a Mathias R. Boilensen-Hagger a intermediação da compra de parte do armamento da FEB, a Força Expedicionária Brasileira, enviada ao combate na Itália. A rede Big Brasil se expandia. A diversificação atravessava fronteiras.

Temos mais em comum do que você imagina, belo rapaz, pensou Viktor.

A seus recentes bons amigos, o herdeiro da rede Big Brasil exigiu que passassem a chamá-lo de Beto. *Especialmente você,* disse a Toni. Foi aí, ou pouco depois, que Viktor captou o sinal definitivo para avançar. Veio de Toni e era dissimulado. Estava na inveja, além do fascínio, com que o louro da zona norte analisava os sinais inequívocos de riqueza e refinamento exalados por Beto Hagger. A marca de Caim emergira.

Viktor foi pegar, ele mesmo, outra garrafa de Veuve Clicquot e, na volta, encontrou o trio em sussurros ao pé do ouvido. A bela mulher pálida conduzia a tessitura entre os dois homens. O herdeiro trocara de lugar. Sentava-se, agora, junto de Toni.

Vistos lado a lado, o olhar apurado do húngaro percebeu, havia ínfimas diferenças entre eles. O bico de viúva na maneira como nasciam os cabelos fartos de Toni, dourados como os pelos de suas mãos, não era idêntico à curva arredondada a emoldurar a testa de Beto, no alto da qual os fios louros surgiam em tons acinzentados. Seus olhos azuis, translúcidos como o Mar Adriático por onde Halasz fugira dos partisans iugoslavos, não tinham os matizes esverdeados dos de Toni. Os dentes caninos de seu protegido eram agudos, de carnívoro, sem a harmoniosa acomodação do sorriso de seu duplo. Em ambos, os narizes, compridos, davam equilíbrio às maçãs saltadas dos rostos vigorosos, o de Toni com as asas das narinas só um tanto mais abertas, o de Beto ligeiramente encurvado, como num retrato de alguns dos *Übermensch* de seu pintor predileto, Caspar David Friedrich.

Enquanto servia as taças, escusando-se mais uma vez por não beber devido a um mal-estar qualquer, o hábil conversador lançou perguntas aparentemente triviais, porém astutas, para saber até onde um sumiço de Beto Hagger seria percebido.

O pai fechara a casa no bairro Montedouro após a morte da mulher, entregara o comando da rede Big Brasil ao filho, passara a circular entre o Panamá, Washington e Berlim Ocidental, em novos negócios propositadamente ignorados por Beto. Viram-se pela última vez quando o pai deu ao filho um apartamento de andar inteiro perto do Hotel Copacabana Palace. O primeiro cheque de Beto Hagger como dono da rede de lojas foi para pagar um Chevrolet Bel Air conversível, verde com detalhes brancos. *Faço o que bem quero, quando quero*, disse com adorável autoconfiança, passando o braço em torno do ombro de Toni e puxando-o para mais perto de si.

Tudo corria tão bem que parecia orquestrado, pensou Viktor. Todos os sentimentos, todos os movimentos, em seus devidos lugares. A dança das identidades em harmonioso andamento. À sua frente, Toni pressentia haver ali uma oportunidade, sem saber exatamente qual, nem como agir para obtê-la. Não precisou se preocupar. Mais uma vez, como acontecera antes, o mentor veio em auxílio de seu pupilo.

* * *

Em algum momento, Viktor comentou a extrema beleza da mulher entre os duplos, comparou-a com a imperatriz Soraya Esfandiary-Bakhtiari. Nenhum dos três sabia de quem se tratava. *A mulher do xá do Irã,*

Viktor explicou, acrescentando *Você é bela como uma princesa persa*, seguindo com loas ao refinamento europeu da consorte de Mohammad Reza Pahlavi.

A bela pálida sorriu apenas com o canto dos lábios, talvez incomodada pela lisonja de um homem que não tinha desejo por ela, talvez porque elogios a seu aspecto físico a deixavam insegura sobre o domínio que buscava com sua astúcia. Não tinha parentesco com árabes, interrompeu, seus ancestrais eram italianos do Piemonte, nascera em São Paulo e se chamava Lídia Volpi. Viktor ia explicar que persas e árabes são povos e culturas distintas, mas ficou demasiado intrigado como a brusca, ainda que contida, irritação, alterou a cor de seus olhos, que acreditara pretos, para um verde denso como o fundo lodoso de um lago. *Lídia, quando seria mais adequado chamar-se Lilith*, cruzou a mente do húngaro, *a mulher demônio, que preferiu abandonar o Jardim do Éden a submeter-se ao domínio de Adão.*

Muito ereta entre os dois homens, Lídia condescendia sua presença não como a *girl* de aluguel que era, mas com a sagacidade das plebeias cujos ilimitados dotes carnais e inteligência alçavam-nas a casamentos nobres. Viktor as conhecera na corte austríaca. Tornavam-se mais aristocráticas que as fidalgas de berço. Pensou na americana Wallis Simpson, filha de um comerciante de farinha que por pouco não se tornara rainha da Inglaterra e, como duquesa de Windsor, arbitrava agora sobre o bem-vestir. Teve a súbita percepção de que poderia ter uma aliada para os planos que traçava. Ou uma inimiga poderosa contra eles.

Yes, she's like a princess and she's mine, exclamou o agora eufórico Beto Hagger. Você concorda, perguntou a seu duplo, os lábios muito próximos dos lábios do outro. *Sim*, Toni respondeu em voz baixa, de olhos fixos na pálida princesa, *sim*. *Sim*, repetiu, *sim*.

Viktor compreendeu, não sem sobressalto, que seu pupilo estava apaixonado.

Una vera principessa, Beto saudou, e seu rosto tocou no rosto de Toni, *meine schöne persische Prinzessin, meins du, mein freund?*, perguntou, os olhos translúcidos brilhando como os dos heróis arianos de filmes de Leni Riefenstahl, que Viktor tanto admirava. A cineasta, não os supostos heróis. Viktor Halasz os conhecera bem demais para tanto.

Na invasão da Polônia, Holanda e França, os soldados de Hitler se mostraram incansáveis. O segredo da inesgotável energia da *Wehrmacht* não se resumia à doutrinação eficaz e treino árduo, mas também ao estímulo de uma pequena pílula amarelada, fartamente distribuída e consumida entre os combatentes do Eixo, capaz de eliminar inibições e senso crítico, afetuosamente chamada pelos combatentes de *Panzerschokolade* e lucrativamente traficada por mascates de trincheira como ele, Viktor Halasz. A mesma pequena pílula amarelada que vira Beto Hagger tirando do bolso. Quando ingerida em excesso, ou misturada a substâncias como cocaína, a metanfetamina inventada pelo médico alemão Fritz Hauschild em 1938, e que hoje ajudava a animar as noites no Rio de Janeiro, podia levar à morte súbita por parada cardíaca.

Nunca faltava cocaína no apartamento de Christian Holzer.

Se cocaína não resolvesse, sempre restava estrangulamento. Não seria o primeiro cometido por Viktor Halasz.

O destino de Beto Hagger estava traçado. E alteraria o meu.

Eu não poderia imaginar como.

Ao esvaziarem a quarta garrafa de champanhe, Christian Holzer convidou o trio a continuar a conversa e os drinques em sua cobertura, no hotel acima da boate. O trio se levantou e o seguiu para fora da Vogue. O pianista e a cantora continuaram experimentando acordes para o novo samba-canção.

Do dia seguinte em diante, até 14 de agosto de 1955, o louro morador do apartamento de andar inteiro da esquina das Ruas Viveiros de Castro e Rodolfo Dantas tornou-se mais discreto e, talvez, mais semelhado a um descendente de visigodos que de nórdicos. Mas são diferenças demasiado sutis para serem percebidas em breves contatos no elevador, na portaria, ou na garagem, quando ele saía e chegava em seu Chevrolet Bel Air conversível, verde e branco, depois em um Aero-Willys azul metálico. Logo uma mulher bela e pálida, de cabelos muito pretos, passou a morar com ele. Chamava-se Soraya Palazzo. Parecia uma princesa das mil e uma noites.

Treze anos depois, quem desejava Toni era eu. Mais: eu precisava dele. O corpo do discípulo de Viktor era a essência da reportagem que mudaria minha história. Minha nova identidade dependia de um falso cadáver.

Minha liberdade, também.

* * *

Encontrei o vestíbulo do Instituto Médico Legal deserto. Na sala de espera, as cadeiras desconfortáveis estavam vazias, como a cadeira por trás da mesa de tampo de vidro da recepção. Logo descobri por quê. Os parentes dos mortos aguardando autopsia e liberação dos corpos, a recepcionista, os poucos funcionários daquela sexta de meio expediente nas repartições públicas se amontoavam na copa, diante de um televisor equilibrado sobre um armário de fórmica azul. Os discursos do Comício da Central tinham começado.

Ninguém pareceu ouvir quando anunciei que estava ali para ver a pessoa da gaveta 41, ninguém me impediu de avançar pelo IML adentro, ninguém tampouco se moveu quando voltei anunciando que o corpo tinha sumido. Repeti, mais alto. Um rapaz de rosto bexiguento se virou, fez sinal de silêncio colocando o indicador na frente dos lábios, apontou para a tela da tevê. A imagem mostrava uma multidão comprimida, agitando faixas contra o imperialismo ianque, contra os latifúndios, contra os monopólios, pela união de estudantes e trabalhadores, pelo apoio ao presidente João Goulart.

"É hoje que metem uma bala no Jango", disse, com calma, um homem de paletó e gravata, de pé ao fundo da copa. Tive a impressão de que sorria.

"Vão fazer com ele o que fizeram com o pobre do Kennedy", lamentou uma mulher sentada do lado oposto, equilibrando no colo a sacola com as roupas para vestir seu defunto.

"Um balaço bem no meio da cabeça", disse o homem de paletó e gravata. Sorria, realmente.

Alguns riram com ele. Alguns outros protestaram. Alguém xingou, para ninguém em particular, *Calem a boca, reacionários filhos da puta*, provocando mais risadas. Alguém mais se levantou e aumentou o volume do televisor.

Aproximei-me de uma velha muito maquiada, os óculos de leitura pendurados por um cordão plástico no pescoço, pousados sobre o rego dos vastos seios expostos num decote ilimitado. Pareceu-me a mesma funcionária da recepção de hoje de manhã. Perguntei-lhe quem e a que horas levara o corpo de Orlando Roberto de Farias Hagger. Ela pareceu surpresa, em seguida disse que não sabia de quem eu estava falando.

O rapaz assassinado num assalto há duas semanas, o homem branco morto com três tiros no bairro do Montedouro, o sujeito de cabelos louros há mais de dez dias na gaveta 41, o cadáver de um branco, o único cadáver de homem branco no necrotério, um sujeito comprido, altura por volta de um metro e oitenta, de olhos claros, azuis, especifiquei.

"Na gaveta 41 não tinha ninguém", ela respondeu, após breve hesitação. Estava assustada ou apenas irritada?

O corpo hoje de manhã eu vi, cheguei cedo e lhe disse na recepção, falei para a senhora que era repórter da *Folha da Guanabara*, e a senhora disse que tudo bem, falou que eu podia entrar e olhar no necrotério, a senhora me viu e falou comigo quando eu entrei aqui hoje de manhã, o corpo do rapaz estava na gaveta 41, era o único branco, Hagger, o nome que estava na ficha era Hagger, era Orlando Roberto de Farias Hagger, insisti, impaciente.

"Não."

Sim, com certeza.

"Ninguém, não tinha ninguém lá, na 41, ninguém, não tinha."

Posso ver a ficha?

"Que ficha?"

Ela estava irritada, ou assustada? A ficha de entrada e saída dos corpos, insisti.

"Aqui não tem isso, não."

Tem que ter algum registro de entrada e saída, senhora.

"Ter, tem, mas não sei onde está."

Como não sabe?

"Está trancada."

E quando essas pessoas aqui em volta levarem os seus mortos, a senhora não vai anotar nada? Pegam o corpo e saem com ele? Não é preciso um documento? Um atestado de óbito?

"Só amanhã. Hoje é ponto facultativo. O comício pela democracia", ela indicou o televisor, "é mais importante do que qualquer atestado de óbito."

Um corpo sumiu sem atestado de óbito?

"Ninguém sumiu."

Roubaram um corpo e ninguém viu?, estourei.

Ela colocou os óculos, levantou-se, me encarou e, com o dedo na minha cara, começou a dizer "Olha aqui, rapazinho, se eu disse que não tinha ninguém lá é porque não...", mas eu a interrompi e deixei claro, subindo o tom de voz, algo raro para mim, especialmente me dirigindo a uma pessoa mais velha, que eu não era rapazinho coisa nenhuma, eu era jornalista da *Folha da Guanabara* e ia escrever sobre todo aquele quiproquó na reportagem a sair amanhã, quando percebi à esquerda do canto dos meus olhos uma silhueta feminina passando rápido, rápido demais, pelo vestíbulo, logo correndo para a saída do prédio do IML. Me virei a tempo de ver a mulher alta, de óculos escuros e calças compridas, atravessar a Rua Frei Caneca, no meio do trânsito intenso, e entrar no automóvel azul metálico com pneus banda branca, idêntico ao estacionado na Rua Benjamim Valladares hoje de manhã.

A mulher pálida de cabelos presos num coque junto da nuca postou-se por trás do volante, com a mesma altivez que eu admirara na penumbra do jardim de inverno da casa da família Boilensen-Hagger. Ali, nas cercanias deterioradas da Rua Mem de Sá, ela sobressaía como uma soberana persa desterrada em terra ignota. Lembrei-me de sua beleza remota e da recusa em aceitar minha lisonja espontânea, admirado como alguém tão jovem poderia ser mãe de Beto Hagger. Mãe de Toni Amarantes. Mãe do homem, fosse quem fosse, assassinado com três tiros no bairro Montedouro, duas semanas atrás. O corpo desaparecido do IML.

Tive certeza. Era ela. Mas quem era ela?

Dentro do Aero-Willys, Dona Lílian abaixou a cabeça, como alguém que vai enfiar a chave na ignição. Era minha chance. Se conseguisse fugir, meu álibi desapareceria com ela. E minha esperança de encontrar a saída do labirinto onde tinham me jogado.

Corri para alcançá-la antes do carro partir.

Conheço automóveis nacionais desde as pilhas de revistas na biblioteca da Instituição, tinha lido muito sobre o motor de 110 HP refrigerado a água do Aero-Willys 2600, transmissão de três marchas com tração traseira. Eu poderia recitar todos os pormenores do automóvel do filho de Lílian Hagger, Abigail Hagger, quem quer que fosse aquela mulher, eu sabia de cor as características do segundo automóvel mais caro do Brasil, uma razoável repaginação do obsoleto modelo americano Aero-Eagle. Por isso sabia também que, embora seu motor de 2.638 cilindradas o tornasse capaz de chegar a até 120 km por hora, o Aero-Willys era dotado de uma peculiaridade, a válvula de admissão situava-se no cabeçote, mas a válvula de escapamento ficava no bloco, um detalhe que em nada prejudicava o desempenho do veículo da Willys Overland. Exceto por um, mínimo, perfeitamente aceitável numa indústria que apenas dava os primeiros passos, um retardo quando a chave de ignição era ligada. Coisa pouca. Menos de um minuto. Coisa pouca, realmente. Mas suficiente para que eu atravessasse em disparada a Mem de Sá, entre ônibus e freadas bruscas, buzinadas e xingamentos de motoristas irritados, chegasse junto ao carro placa GB 6.07.44, e parasse em frente a ele.

A altiva mulher pálida ao volante não pareceu espantada. Pelo contrário. Deu a impressão de que me aguardava. Manteve o carro ligado, sem passar marcha. Segurei o volante. Quis garantir que não fugiria. Sem pressa, abriu a porta. Mas não saiu.

Dona Lílian, chamei, como quem pergunta algo que já sabe, mas ainda incrédulo do que vê.

Calada, com ar vitorioso de quem conseguira exatamente o que pretendera, ela olhava para um ponto atrás de mim. Logo compreendi a razão.

"Entre no carro", uma voz masculina comandou às minhas costas.

Antes mesmo de me virar, já sabia a quem a voz pertencia. Era a mesma, rouca e aliciante, de quem ouvira lições de construção de texto jornalístico hoje de manhã, diante do corpo da mulata Veronica.

"Vê isso?", o sujeito que se apresentara como Amarantes mostrou. A lâmina da navalha brilhou em sua mão, refletindo a luz de um poste. O cabo estava oculto sob a manga do paletó. "Já cortei uma garganta hoje, não quero ter que usar de novo. Entre."

Obedeci.

12.
Abismo

Detesto andar de carro. Mais que isso. Me sinto mal. O coração dispara, sinto náuseas, pontadas na cabeça, suo, tenho calafrios, dormência, tontura. As dores na perna voltam. Nunca ando de carro, não tenho mesmo dinheiro para táxi, nem amigos com automóvel. Quando, e isso é raro, me oferecem carona, recuso. Sempre recusei. Prefiro caminhar, não importa a distância. Tenho medo de andar de automóvel. Simplesmente isso. Tenho medo. Que se transforma em pânico, como naquele momento, quando Dona Lílian e o Amarantes do IML rodávamos ao lado de um despenhadeiro. Virei a cara, fechei os olhos, mas o som do ar zunindo dentro do carro com as janelas abertas junto ao precipício penetrava meus ouvidos como uma lâmina aguda, lâminas, mais, mais que isso, diferente disso, como uma máscara de ferro trancafiando minha cabeça, cingindo-a, ecos de metal agredido, eu reconhecia, o som de uma queda no abismo.

Tapei os ouvidos. Fechei os olhos. Fiquei murmurando qualquer coisa que me viesse à cabeça para não deixar chegar a memória do nosso voo sobre a Mata Atlântica.

Ouvi minha voz. Aquela, daqueles tempos, e esta, de hoje.

Hoje é o dia do teu aniversário
Parabéns
Parabéns
Fazem votos que vás ao centenário
Os amigos sinceros que tens...

"Que é isso, moleque, que porra é essa que está cantando?"

Reunidos neste dia
De tão grande alegria
Desejamos que as bênçãos de Deus
Caiam todas sobre os...

"Cala a boca", o homem da navalha me interrompeu, metendo um tapão na minha cabeça. "E tira essa porra da mão do ouvido." Obedeci. Mais uma vez. Calei-me. Mantive as mãos nos joelhos, como ele comandara. As palmas estavam úmidas. Ficam assim quando sinto medo. Era o que me dominava. Senti vergonha. Percebi estar me tornando um homem como nunca imaginei, nas fantasias das madrugadas de insônia no dormitório da Instituição, um adulto fraco, intimidado, desengonçado e tolo, tropeçando em sua inabilidade para terminar de crescer. Talvez nunca conseguisse. Talvez nem houvesse tempo. Talvez dali, depois da viagem, acabassem comigo. Era fácil. Ninguém perceberia. Não haveria quem reclamasse meu corpo. Como aconteceu com Beto Hagger. Com Toni Amarantes. Com quem quer que tivesse sido aquele cadáver abandonado no Instituto Médico Legal. Invisíveis em vida, invisíveis depois. Hoje. Um mau dia. Como tantos outros.

Mantive os olhos fechados. Não adiantava. Não aliviava. O sopro do abismo continuava apertando meu crânio, agora invadindo cada vez mais fresco. Atinei que estávamos subindo para uma área distante do bafo quente do verão no centro da cidade. Buzinas, vozerio, cheiro de óleo diesel e gasolina sumiam. Apenas vagos ruídos urbanos chegavam com o vento.

Abri rapidamente os olhos. Quis entender por onde me levavam.

Vi, lá embaixo, e mesmo dentro da constrição do medo fui tomado pelo encanto de uma beleza como não conhecia, surgindo e sumindo e surgindo de novo por entre galhos e ramadas densas a passar céleres, o contorno da Lagoa Rodrigo de Freitas refletindo os tons sanguíneos do fim da tarde de março, algumas poucas luzes cintilando nos barracos da favela da Praia do Pinto, um tanto mais nas mansões no entorno das águas e nos prédios baixos de Ipanema, o pisca-pisca aumentando do outro lado dos morros próximos à favela do Cantagalo, nos edifícios de muitos andares esparramados por Copacabana e, além, o extenso borrão azul-escuro do oceano, abandonando os derradeiros tons violáceos da sexta-feira, fundindo-se no céu sem nuvens e ainda sem estrelas visíveis. Um belo dia para morrer, pensei, estupidamente.

Subíamos pela estrada serpenteante da Floresta da Tijuca. Era minha primeira vez. Fechei novamente os olhos. Tentei me apaziguar lembrando das ilustrações e mapas vistos em livros sobre o Rio do século XIX, quando a estrada por onde me levavam era pouco mais larga que uma picada barrenta e esburacada, aberta pelos grão-senhores para carroças de boi carregadas de sacas de café de suas plantações, colhido por seus escravos nas encostas, até o solo se exaurir, erodir, desabar em aluviões sobre a cidade abaixo, antes de as fazendas serem compradas pelo Império e os terrenos replantados ao longo de treze anos por um certo major Gomes Archer e cinco escravos com todo tipo de brotos e mudas de folhagens e árvores nativas e exóticas, de ipês e jequitibás a jaqueiras asiáticas e figueiras africanas, transformando o árido maciço da Tijuca na primeira floresta urbana recriada do mundo.

Em fotos contemporâneas, lembrei também, a estrada, alargada e asfaltada, mostrava bifurcações que, subindo e descendo entre os eucaliptos e ipês, cedros, paus-ferro, jabuticabeiras, sapucaias e angicos crescidos desde 1860, agora conduziam a pontos extremos no entorno da cadeia de montanhas, desde a estátua do Cristo Redentor no pico do Corcovado, e um hotel na esplanada das Paineiras que na década passada hospedara a Seleção Brasileira de Futebol, ao Sumaré, onde ficava a residência palacial do cardeal do Rio de Janeiro, às ladeiras de paralelepípedos percorridas por bondes entre castelinhos e casas geminadas do bairro de Santa Teresa, ao turístico coreto na Vista Chinesa e à vila operária da fábrica de chita no Horto, ao desolado bairro de São Conrado e ao areal desértico da Barra, com seus milhares de lotes desabitados, aos chalés comprimidos e casarões de andares duplos ao fundo de extensos gramados, com piscinas e quadras de tênis, do Alto da Boa Vista.

O primeiro abismo eu não tinha visto. Sentira apenas o grande vazio conforme despenquei nele. Despencamos. Os cinco passageiros. Minha irmã Elisabeth, nossa tia e eu no banco de trás, meu pai e minha mãe no da frente, sem gritos, sem alarde, em silêncio e espanto, se bem me lembro, mas nem sei se lembro, tudo me vem com a impossível compreensão de uma criança de 3 anos daquele voo para o nada.

O grande vazio me assombraria anos a fio em pesadelos carregados de pasmo e fúria, caridosamente sem vozes ou rostos conhecidos até um dia, ou vários, em que, em fragmentos ouvidos por casualidade ou relatos ditos de propósito, compondo e colorindo as lacunas na origem da minha identidade, do meu alheamento incômodo do mundo, de minha aversão ao contato e toque de pele, do arcabouço da minha sobrevivência, do esqueleto da existência que ela tentou eliminar naquela tarde, ela, minha mãe, por vergonha, ou aversão, ou ódio, ou o que quer que fosse sua motivação e prerrogativa, ela, matar pelo mesmo direito que lhe tinha sido dado ao conceber, um dia alguém revela. Como fizeram com Gilberto Amarantes e os meandros da nova identidade de seu filho. Um dia alguém conta. Sempre há alguém, sempre há um dia. Ou vários. Uma parte aqui, outra parte ali. Acaba acontecendo. Nenhum segredo de família dura para sempre.

Meu pai e tia Yolanda.

Nem sei se foi a primeira revelação, nem sei se importa. Houve um começo, houve um fim, com várias versões. Antes do casamento e nunca mais depois, apenas quando minha mãe ficou grávida de Elisabeth, antes e depois do nascimento de Elisabeth, nunca antes de minha mãe ficar grávida de mim, o tempo todo enquanto minha mãe estava grávida de mim, o tempo todo desde que papai noivara de mamãe, desde quando quer que tenha se iniciado, seja quanto tempo for que tenha durado, anos depois de seus voos para a morte, o sobrinho de Yolanda descobriria, ou fariam que descobrisse, que a irmã mais velha de sua mãe dormia

com o cunhado farmacêutico, que a atendera e ajudara a livrar-se de uma gravidez indesejada e teria repetido o coquetel de injeções e líquidos abortivos todo o tempo, longo, curto, não sei, não importa agora quanto, não importa mais, no tempo em que mantiveram sua relação.
Meu pai e tia Yolanda.
Tia Yolanda e meu pai.

* * *

Os ruídos abafados da cidade sumiram. O vento agora trazia um impreciso zumbido constante, junto à sensação de estarmos descendo. Estávamos, constatei abrindo brevemente os olhos. À direita e à esquerda havia barrancos cobertos de folhagem, plantas desconhecidas para mim, entremeadas por tufos de marias-sem-vergonha brancas, azuis, lilases e vermelhas. Dona Lílian, ou fosse lá qual fosse o nome verdadeiro da mulher pálida ao volante, dirigia célere pelo caminho que parecia conhecer com familiaridade, apenas diminuindo um mínimo a velocidade nas curvas, voltando em seguida a acelerar. Eu não gostei daquilo. Não gostei nada daquilo. Fechei os olhos de novo, antes que pudesse ver o Aero-Willys se estabacar contra alguma jaqueira centenária, no momento em que levou a mão enluvada ao botão para ligar o rádio. Na minha escuridão, ouvi estalidos de transmissão radiofônica intermitente, um fragmento de palavra, vozes distorcidas. Estávamos numa ravina, as ondas não chegavam ali.

"Bota uma música", disse o homem da navalha ao meu lado.

"Não encontro, acho que as rádios estão em cadeia nacional", respondeu a mulher no banco da frente, passando de uma estação a outra, "transmitindo o comício da Central do Brasil."

"Merda de aleijado corno filho da puta", murmurou o Amarantes da navalha.

Creio que estávamos ouvindo música, dentro do Mercury, mas não tenho certeza. As rádios, naqueles tempos, teriam transmissores potentes o bastante para serem captados entre montanhas, no alto da Serra das Araras, debaixo de chuva torrencial, na estrada que ligava São Paulo ao Rio? O Mercury tinha rádio? Automóveis daquela época tinham rádio? Tinham. Alguns tinham. Vários tinham rádio, eu vira nas fotos das revistas da Instituição. Cantávamos, isso eu sei. Disso tenho certeza. Sempre tive. Acho que tive. Tia Yolanda cantava conosco. Acho. Acho.

> *Hoje é o dia do teu aniversário*
> *Parabéns*
> *Parabéns*
> *Fazem votos que vás ao centenário*
> *Os amigos sinceros que tens...*

* * *

Tia Yolanda era morena, comprida, mais alta que meu pai, tinha olhos claros, conforme algumas imagens me ocorrem. Ou, talvez, não fossem claros. Não? Sim?

Era gostoso me encostar nela. Em tia Yolanda. Era macia e morna, disso me lembro. Da imagem não, é imprecisa, mas da sensação de quando passava o braço por trás do meu tronco, colocava a mão por baixo da minha roupa, me acariciava, me dava pequeninos beliscões e me puxava para junto dela, me apertando e mordendo gentilmente minhas bochechas, os lóbulos de minhas orelhas, meu pescoço. Eu não tinha aversão que me tocassem, então. Não ela. Ria de me dobrar, eu sei, até porque isso contaram, como exemplo do carinho pelo sobrinho, quando levava os lábios ao meu umbigo e soprava, fazendo barulhos engraçados como bolhas d'água estourando, depois subia dando beijinhos na minha barriga, no meu peito, nos meus braços, antes de se deitar e me colocar por cima, dizendo palavras inventadas, enquanto eu, contavam, gargalhava e gargalhava.

Anos mais tarde, debaixo das cobertas da Instituição, eu pensava nela. Me satisfazia lembrando dela. Dos lábios dela na minha pele, ou do que eu achava que poderiam ter sido os lábios dela na minha pele. Ela me satisfazia. Isso é o que importa. Minhas impressões do passado são fragmentadas. Dela, deles quatro, do Mercury, do silêncio do voo, do sangue, do depois, todas. Incertas. Acho. Creio. Talvez. Provavelmente. Não confio nelas. Mas são as que tenho. Ou acho que tenho. As que me vêm. Realmente me lembro ou fui levado a acreditar que me lembro? Como posso saber a diferença, como alguém pode?

Não foi um acidente.

* * *

Eu gostava de passear de carro. Me encantava ver o mundo variar e se transformar diante dos meus olhos, a cada vez que eu piscava. Está. Sumiu. Está. Sumiu. Eu comandava o que existia. E o rumor que o mundo soprava nos meus ouvidos era reconfortante, era seguro, era tranquilizador. Eu não tinha medo, naqueles tempos. Não tinha por que ter medo. Nada tinha acontecido. Ainda.

Xuish, xuiish, xuiiiiiish, eu ouvia com prazer o vento soprar, minha testa colada ao vidro, de pé sobre o banco traseiro, sentindo as mãos de tia Yolanda a me firmar pela cintura.

Íamos os cinco, toda tarde de sábado, depois que papai voltava da farmácia, fechada para o descanso do fim de semana. Tia Yolanda, eu e minha irmã, minha mãe e meu pai. Tia Yolanda morava conosco. Ou nós passávamos na casa da minha avó, onde ela talvez morasse, para apanhá-la. Ou ela almoçava nesses dias conosco. A mim parecia que ela morava conosco, que estava sempre conosco. Não me lembro de minha avó. Não sei se minha avó ainda estava viva. Não tenho certeza se ela ainda morava na cidade.

Em uma cidade pequena, não há como ter um amante sem que alguém, e logo muitos, saibam. Não há horários em que não haja ninguém de olho entre as persianas. Não há estrada vicinal onde seja possível estacionar um automóvel, ocultá-lo nas sombras de um mangueiral e possuir a mulher casada, ou entregar-se ao homem casado, sem o risco de uma testemunha casual. Não havia tantos automóveis assim, em cidades pequenas, naqueles tempos de guerra e logo depois. Um Mercury V-8, mesmo usado, fabricado oito anos antes, era um automóvel caro para quem não fosse advogado, médico, dentista, farmacêutico. Um Mercury V-8 era um automóvel raro em cidadezinhas como aquela. Só havia dois na região. Um deles ficou inteiramente destruído, ao sair da estrada e cair de uma altura de 530 metros, na Serra das Araras, no fim de uma tarde de quinta-feira, com cinco passageiros a bordo. Apenas um sobreviveu. Uma criança. Um menino.

Não estava chovendo.

* * *

Disseram que não estava. Mas eu me lembro bem. Chovia muito. Uma daquelas tempestades pesadas de fim de verão, as árvores sacudidas pela ventania a dobrar e quebrar galhos, jogando-os sobre as pistas alagadas, eu me lembro, como me lembro do estofamento macio e negro do Mercury V-8 grená do meu pai, como me lembro das janelas fechadas por causa da chuvarada, como me lembro da paisagem embaçada a correr e correr fora delas, como me lembro de Elisabeth e eu no banco de trás encostados em cada lado da nossa tia Yolanda, cantando nossa canção de aniversário, como me lembro da barulheira dos trovões, do fulgor dos raios, da pista encharcada e do. E do. Do.

Não era verdade. Não inteiramente. Muito pouco era.

Não estava chovendo naquela tarde de quinta-feira.

* * *

O ribombar dos trovões, os vidros embaçados, os clarões dos raios, a tromba-d'água batendo contra o metal do Mercury eram as lembranças que me levaram a construir. Quando eu ainda estava no leito do hospital, e depois na enfermaria, com todos aqueles ferros e gesso na minha perna, quieto, sem vontade de dizer nada, sem voz, sem fome, sem memórias. Até que começassem a me incutir algumas. A chuva, a derrapada, o acidente, nada foi culpa de ninguém. Foi um acidente. Apenas um acidente. Por um tempo. Enquanto um menino sem voz é capaz de despertar compaixão. Pena, melhor dizendo. Mas não dura. Nada dura. Mentiras, principalmente.

* * *

Ela era uma mulher gentil e cordata, minha mãe, contavam, de olhos e cabelos castanhos, sempre impecavelmente composta, nem alta nem baixa, gorduchinha, banal, esquecível, sem nada do enigma do sorriso contido e dos cambiantes olhos amarelados, ou castanhos, de sua irmã mais velha, escuros como o fundo de um lago, alguém definiu, daí que deve ter parecido uma bênção inesperada ter sido ela a escolhida pelo jovem farmacêutico recém-instalado na cidadezinha, e não a encantadora irmã mais cobiçada pelos rapazes, para ser sua esposa e gerar seus filhos. O que quer que já houvesse, ou viesse a existir, entre meu pai e tia Yolanda não fez diferença. Ou foi ignorado. Ela devia ser grata. Minha mãe, devia. E assim continuar, não importa o que se passasse entre a irmã e o marido. Ela é que era a sortuda. Era para seus braços e seu leito que ele voltava e vestia o pijama todas as noites. Ele era um bom pai para Elisabeth, depois para mim. Nada lhe faltava, ou a nós. Isso devia bastar. Devia.

Até o momento em que meteu as unhas na cara do meu pai e começou a gritar e socar, naquela tarde de quinta-feira, pegando-o de surpresa no momento em que começava a girar o volante no sentido contrário para fazer a curva na pista da rodovia Rio-São Paulo, na parte mais alta da Serra das Araras, enfiando os braços entre os aros do volante, e assim o corpo dela foi encontrado, sem dar tempo para que ele, ou sua amante no banco de trás, entoando uma canção infantil qualquer com os sobrinhos, se dessem conta e reagissem à ação da cordata irmã, esposa e mãe, após tantos anos de serenidade e quietude, súbito todos dentro do carro tomados pelo silêncio ao sentir o baque e a sacudida causada pelo impacto dos pneus ao ultrapassar a corcova gramada que separava o asfalto da pirambeira, girando no ar por breves segundos, enquanto o Mercury Sedan Eight, ganhando impulso, voejava como um grande pássaro metálico rubro acima de centenários jacarandás, ipês, ingás e paus-brasil, espantando tucanos, bem-te-vis, surucuás e maritacas já recolhidos em seus ninhos, naquele início de noite.

* * *

A noite tomava a Floresta da Tijuca quando o Aero-Willys parou. Abri os olhos. Os faróis iluminavam um largo portão de madeira, na lateral de um muro coberto de hera e tufos de samambaias. Não dava para ver o que estava por trás. Imaginei um casarão, como tantos na área onde preferiam viver os ricos discretos, isolados da gente comum lá de baixo pela selva recriada, e uns dos outros por jardins espraiados, vegetação densa e dobermanns alertas. Dona Lílian não buzinou nem se moveu, o Amarantes da navalha tampouco. Logo alguém abriu o portão. A garagem estava às escuras. Um único facho de luz, vindo da porta ao fundo, aberta para o interior da casa, delineava a silhueta de um homem.

Dona Lílian pôs o carro para dentro, desligou o motor, saiu, olhou brevemente para o homem em silhueta, entrou na casa. O Amarantes da navalha fez o mesmo, como a marcação ensaiada entre atores de uma peça. Aguardei. Não via o rosto do sujeito imóvel. Percebi, ou acreditei perceber, que me analisava.

"Saia", ele disse, num tom aparentemente casual, ilogicamente gentil. Procurei suas mãos, certo de que me apontava uma arma. As mãos estavam no bolso das calças brancas. A camisa de mangas compridas também era branca.

"Saia", ele repetiu, agora um pouco mais firme.

Eu me movimentei, ele se afastou para me dar passagem. No curto momento de claridade sobre sua face sombreada, seus olhos me fitaram com o interesse de um entomologista alfinetando o inseto no feltro da caixa de estudos.

Afinal, o que querem comigo, ia buscando coragem para perguntar, quando a silhueta saiu das sombras e, pasmo, percebi que tinha visto aquele rosto hoje de manhã durante um longo tempo, imóvel, os olhos semiabertos, as perfurações de balas cravadas na pele acinzentada de seu pescoço e peito, deitado, nu, na gaveta número 41 da sala dos mortos do Instituto Médico Legal.

Toni Amarantes, balbuciei.

O louro à minha frente reagiu ao meu espanto com indisfarçada satisfação, num sorriso de dentes perfeitamente alinhados, franzindo um pouco os olhos azuis como os de seu pai dinamarquês, mais uma vez vitorioso em seus planos de dupla identidade, improvisados ao final de uma noite tocada a Pervitin e champanhe, quatro anos antes do incêndio da boate Vogue.

13.
Toni/Beto

Talvez Christian Holzer, apreciador de belezas incomuns conforme aprendera em companhia de cavalheiros a quem encantara, seduzira e convivera, ainda como o jovem Viktor Halasz, primeiro da corte do rei Charles IV da Hungria, depois entre militares, fornecedores de armamentos, barões do mercado negro e políticos que adejavam à volta dos chanceleres Engelbert Dollfuss e Kurt Schuschnigg, na república proclamada após a derrubada do filho do imperador Franz Joseph, porém prudentemente mantenedora dos privilégios das mesmas boas famílias aristocráticas e burguesas do velho regime até o país ser anexado à Alemanha no *Anschluss*, talvez o vigoroso mecânico húngaro, metamorfoseado no refinado austríaco Christian Holzer, há sete anos no continente de florestas densas e povos selvagens, talvez ele, talvez Christian, de pé junto à cama de jacarandá outrora acervo do Barão de Mauá, o homem mais rico e poderoso do Império de Pedro II, possivelmente Christian tenha admirado longamente os três corpos enlaçados e adormecidos sobre alvos lençóis italianos de seu quarto na jângal sul-americana, ornado com antiguidades europeias, adquiridas por ninharia de refugiados de guerra aportados no Brasil.

Entre os dois homens bronzeados, a palidez do corpo longilíneo da mulher de cabelos negríssimos, agora soltos, o sexo de pelos aparados coberto pelas mãos de um dos louros, o seio esquerdo redondo e firme seguro pelo outro talvez o tenham lembrado da placidez, plena de mistério e promessa, do ícone russo envolto em moldura dourada, confiscado em Lyon usando o passaporte do oficial nazista morto na campanha da Rússia e trazido para o Rio de Janeiro, onde passou diante de fiscais aduaneiros, cegos após embolsarem algumas dezenas de notas de dólares. O quadro agora ornava os aposentos da matriarca brasileira de uma família ligada a empresas alemãs, no palacete encarapitado no alto do bairro carioca de Santa Teresa, comprado pela dama de sobrenome duplo e dois maridos sob o mesmo teto, por muitos milhares de notas da moeda dos vencedores da Segunda Grande Guerra.

Vestido um robe, Christian talvez tenha deixado o quarto e caminhado até as portas-janelas que davam para a varanda e, abrindo-as, sentido no rosto a brisa fresca do Atlântico e o morno sol dos trópicos a erguer-se fulgurante sobre o oceano à vista de sua cobertura em Copacabana, um luxo jamais imaginado, nem nos mais delirantes sonhos de Viktor Halasz.

Não existe felicidade, pode ter pensado o devoto católico, não na face da Terra, quiçá tenha refletido, não neste mundo, não permanente, não palpável, como o calor da penetração no corpo do outro, não como o líquido do outro espargido dentro da boca, não como o gosto salgado do suor escorrido entre a orelha e o pescoço na pele arrepiada. São instantes de júbilo que permanecem, esses momentos da eternidade permitidos a nós, animais, sim, porém capazes de reter na memória a beleza fugidia, o átimo transcendente, nesse único predicado a nos distinguir dos outros animais, igualmente dispostos sobre este vale de sombras pelo Criador, e sobre estes nos fazer superiores. Sim, somos. Sim, e apesar disso, como toda criatura, finitos. Não, não existe felicidade. Mas existe beleza. E ela nos eleva e transcende. Átomos reunidos em sangue, pele, nervos, músculos, secreções, ossos, sob a mão do Senhor, na perfeição a provar o poder incomensurável do Arquiteto de Todas as Coisas e de Todas as Criaturas. Beleza. Como a enlaçada e disposta sobre a cama no quarto ao lado, esculturas de Arno Breker pulsando vida, movimento e carne.

Beleza não se mata.
Beleza se ama.
Beleza se agrega.

Apodera-se, Christian Holzer possivelmente concluiu, disposto a manter a seu lado o duplo de Toni Amarantes. Não apenas pela beleza. A rede de lojas herdada pelo jovem Hagger era conveniente para a distribuição, estocagem, compra e venda de armas e munições, longe de permissões oficiais, entraves burocráticos, fiscalização tributária e legislações internacionais, além da infinda variedade de artigos e moedas desejadas por empresários, construtores, donos de haras, jogadores de polo e golfe, jornalistas e grã-finos frequentadores das mesas da Vogue.

Ninguém melhor para conduzir essa rede de poder paralelo do que ele, o filho de um reles cabo do *kaiserlich und königlich Kriegsmarine*, a Marinha austro-húngara, treinado entre graxas de motores e autoinventado *homme du monde*, dono de caderneta de endereços onde se enfileiravam senadores, ministros, generais e coronéis de todos os países da América do Sul, fabricantes de bazucas e pistolas da Alemanha e Estados Unidos, armadores gregos, cantoras de ópera italianas, prostitutos brasileiros, *girls* de todos os tons de pele e inefáveis habilidades pompoaristas.

Beto Hagger merecia ser poupado da esganadura ou da overdose. Deus concordava, Christian sabia e Viktor também. Deus ama a beleza e protege os que melhor refletem Sua perfeição.

Como fizera com ele, na juventude, alçando-o da fedentina e do sebo de oficinas mecânicas ao gozo nas perfumadas alcovas da corte austro-húngara, e para além do desmoronamento dela, após a ruína do extenso território do império ariano até o Novo Mundo a erguer-se no hemisfério sul, em trajetória inexorável como a do sol do Brasil, que agora brotava ao leste. Pairando sobre todas as coisas, Ele bendizia a aliança nascida da clemência e do deleite, derramando incontáveis tons rosáceos pelos céus e pelo oceano diante da varanda de Christian Holzer, naquele magnífico começo de sexta-feira tropical.

Mas os trópicos devoram quem acredita que os decifra.

Um mecânico húngaro na terra dos tupinambás não é o conquistador que acredita ser. É a presa.

Viktor Halasz estava há tempo demais soterrado sob Christian Holzer para conseguir atravessar as incontáveis camadas a separá-lo da criatura construída. Fundo demais para perceber que abria, ali, no balcão diante do mar onde quase se afogara, as portas de sua tumba. Caíra na armadilha tantas vezes armada para suas vítimas. Se apaixonara. Por um devorador mais voraz que ele.

* * *

O despudor canibal sul-americano e o sentimento europeu de direito divino sobre o mundo compunham o mestiço Orlando Roberto de Farias Hagger. Nascido da intensa união carnal de descendentes da nação karib e dos povos vikings, Beto Hagger não tinha o caráter melífluo, tampouco ansiava pela ascensão social de seu duplo Toni Amarantes, disposto a agir de qualquer forma necessária, sob a tutela de Holzer, para romper as barreiras entre classes e origem. Beto já estava do outro lado. Nascera lá. A cada vez que se olhava no espelho, ou se via no olhar encantado dos humanos comuns, mais se admirava do poder de seu aspecto físico e de sua inteligência fulgurantes, tão claramente acima de todos à volta.

Da mãe, herdara a capacidade de adaptação e sobrevivência. Absorvera do pai a determinação e impiedade de quem molda o mundo. Era membro do grupo dominante. Quando necessário, eliminava os obstáculos. Jamais com as próprias mãos. Para isso, existiam pessoas como os dois homens que cativara e dominara tão facilmente aquela noite. Um dormitava a seu lado, o outro fumava na varanda. A bela Lídia logo acordaria. A sexta-feira começava cheia de promessas. Sentiu-se revigorado. Queria gozar mais uma vez. Com quem, agora?

* * *

Era outra sexta-feira, de outra década, e todos os planos de Beto Hagger haviam funcionado como maquinara no leito de Christian Holzer, entre o calor dos corpos de seu duplo e de sua aliada. Para o próximo, mais ambicioso e abrangente, faltava um passo. Eu fazia parte desse plano.

"Suba", me disse, em voz baixa, mais parecendo um convite do que o comando que realmente era, indicando os degraus para o interior da casa. Subi.

A garagem dava para uma longa sala de pé-direito duplo, com arcos envidraçados de frente para um jardim de extensão e densidade difíceis de perceber no lusco-fusco. Não havia nenhum móvel, nem tapetes, nem quadros nas paredes. Ninguém morava ali? Para que servia aquela casa?

Ao final da sala, uma escadaria recurvada levava a um mezanino, às escuras. Abaixo dele, dois ou três cômodos de portas fechadas, mal revelados pela luz indecisa do que deduzi, pelo som metálico de uma voz discursando, vir de algum aparelho de televisão mais distante. O Comício da Central continuava.

Seguindo um curto sinal de cabeça de Beto Hagger, andei em direção à escada para o mezanino.

"Não sabia que você era aleijado", ouvi-o dizer às minhas costas.

Tentei disfarçar melhor. Prossegui, em silêncio.

"Você manca."

Não, eu disse, no tom mais casual que consegui.

"Você tem uma perna mais curta que a outra."

Me aprumei. Movi o tronco de maneira a — me pareceu — não ser possível perceber a diferença de comprimento de minhas pernas.

"Você é aleijado. Você manca."

Não. Não, eu não manco, neguei, incomodado, tentando ser convincente.

"Sempre mancou?"

Eu não manco. Eu, não.

A mulher pálida surgiu à luz bruxuleante da sala de televisão, encostou-se no umbral da porta, soprou para o alto a fumaça do cigarro que fumava, dramaticamente, como uma mulher fatal de filme antigo. Era o dia dos clichês, aquele.

"Jango ainda não chegou no comício", anunciou para Beto. "Nem Brizola."

"É cedo. Não irão juntos."

"Estão com medo."

"É bom que estejam", disse, alegremente.

"Eles sabem?"

"Brizola espera que seja Goulart a vítima, Goulart espera que seja o Brizola."

"Miguel Arraes também ainda não apareceu."

"O cadáver ideal. Deixa o caminho livre para os outros dois e a esquerda ganha um mártir."

"Arraes é a sua escolha, não é?"

"Não sou eu que escolhe. Você sabe. Vou subir com o garoto. Diz para a Tereza ir lá e levar o que combinamos. Avise quando Goulart e Brizola chegarem."

A escada não tinha corrimão. A distância entre cada degrau de madeira me pareceu maior do que a habitual. Eu estava cansado. Eu estava com fome. Eu estava com sede. Eu estava com medo. Embolando tudo, a atenção dele, deles, por mim, sem lógica, sem sentido, sem explicação. Ali eu não era invisível. E isso, ao contrário do que sempre ansiei, não era bom. Não era nada bom.

O mezanino era um espaço único, aberto, exceto por um ou dois cômodos, indefinidos à luz ilusória do andar de baixo.

"Entre", disse, afável como um anfitrião, abrindo a porta da área mais próxima da escada. "Tereza já vai chegar."

Hesitei. A atenção que me dava era ao mesmo tempo ameaçadora e lisonjeira. Nada do que estava acontecendo fazia o menor sentido. De novo. Ou assim eu acreditava. De novo. Estava, logo veria, profundamente enganado. Burramente enganado.

Terrivelmente enganado.

"Entre", repetiu, afastando-se para me dar espaço.

Quase agradeci.

* * *

Dei um passo para dentro do que tinha sido, ou pretendia vir a ser, uma biblioteca, quem sabe um escritório, com estantes do chão ao teto nas paredes, exceto a do fundo, coberta por cortina espessa. Não havia livros nas prateleiras de madeira escura, vazias como um estaleiro abandonado. Um divã e duas cadeiras junto a uma mesa sobre um tapete acinzentado pareciam objetos boiando após um naufrágio. Tudo naquela casa, fiz um rápido retrospecto do que vira, tinha o aspecto transitório de território ocupado em solo inimigo.

"Sente-se."

Fiz o que Beto Hagger mandava. Ele se sentou à minha frente, do outro lado da mesa. Acendeu o abajur. Vi alguns papéis. Mexeu neles, pareceu lê-los.

"Isso eu não sabia. Não sabia que você mancava. O relatório omite isso. Não consta. É importante. Um aleijado chama atenção, isso é negativo."

Não sou aleijado.

"Sua perna quebrou, no desastre? Deveria constar do relatório. Não vejo nenhuma informação aqui. Quebrou em quantas partes?"

Eu. Não manco. Não. Eu, não.

"Já sobre sua irmã", leu, "há pormenores que...", interrompeu.

Elisabeth?

Era a primeira vez que eu falava o nome de minha irmã em muito, muito tempo.

"Sua irmã", ele repetiu.

Elisabeth? O que tem Elisabeth?

"Ah", soltou, num muxoxo surpreso. Por que Beto Hagger falava de uma menina morta há mais de dezessete anos? "Não importa. Não é assunto meu. Tereza falará."

Seus olhos alternaram entre os papéis e eu. Sob a luz oblíqua do abajur, pareciam transparentes. Vidros azuis. Me constrangiam, quando pousavam em mim. Era um exame. Havia intenção nele. Um animal na feira, analisado dos dentes aos órgãos reprodutores, avaliado para compra. Ou abate. A lembrança da garganta cortada da mulher pálida no apartamento de Copacabana me arrepiou.

"Você manca. Aleijão não consta da sua ficha. Isso pode vir a ser um problema. Aleijados chamam a atenção. Consequência do desastre?"

Eu. Não manco. Já disse.

"E gagueja. Por que isso foi omitido?"

Não. Gaguejo. Não tive. Nenhum. Desastre.

"Mercury Sedan grená, Serra das Araras, seu pai, sua mãe, sua irmã e a mulher do seu pai."

Nunca. Tive. Nenhum. Desastre.

"Manco e gago. Está explicado por que debochavam tanto de você na Instituição."

Não.

"Sua irmã foi cuspida para fora do carro", continuou lendo. "Sua mãe quebrou o pescoço, morreu na hora. Como seu pai e a mulher dele. Você quebrou a perna em vários lugares. Por isso manca. E gagueja quando fica nervoso."

Não manco. Não gaguejo.

"Está gaguejando agora."

Minha irmã não foi cuspida do carro. Elisabeth não foi cuspida, não, do carro, não foi, Elisabeth morreu ao meu lado, eu sei, porra, Elisabeth morreu com minha tia, tia Yolanda me abraçou, nós estávamos no banco de trás, tia Yolanda me abraçou e abraçou minha irmã, ela nos protegeu, tia Yolanda morreu nos protegendo, porra!

"Você não gagueja quando está com raiva, como agora. Sua raiva vem fácil."

Que interessava como era ou deixava de ser minha raiva?

"Pessoalmente, nada. Nem um pouco. Eu nunca teria escolhido você."

Escolhido?

"Nas madrugadas da Instituição, conta para mim a verdade, não era para se masturbar que você se escondia no banheiro."

Apoiei-me no encosto da cadeira, surpreso. O relatório não podia ter isso. Ou podia?

"Frequentemente", ele leu, "em horas altas da madrugada, o filho de Geraldo se escondia no banheiro e seus gemidos do gozo onanístico podiam ser ouvidos do lado de fora."

Eu me trancava, era verdade. Para me masturbar, não era.

"O que você fazia, escondido no banheiro?"

Nada, não fazia nada de mais, só queria ficar sozinho, me isolar para pensar melhor, menti, como mentia então, e, nada como então, nada tão avassalante, mas possibilidade igualmente constrangedora, receei não conseguir conter as lágrimas, o que lá teria sido muito pior do que ser flagrado me masturbando. Macho toca punheta, macho não chora, por isso enchia minha boca de papel higiênico, para ninguém ouvir meus soluços. Ou assim acreditei, até aqueles papéis que Beto Hagger lia.

O orfanato está contado aí, o nome do meu pai, o Mercury grená na estrada, minha mãe, tia Yolanda, Elisabeth está aí, estão aí, eles todos, perguntei, incrédulo, tolamente, ignorante, ao mesmo tempo que tentava ler a página em frente a Beto Hagger. Não consegui. O papel datilografado estava coberto de palavras bizarras.

"Todos. Tudo. Menos seu aleijão. Que você disfarça. E a gagueira. O importante está. Especialmente sua raiva. As explosões de ódio. Seus ataques de fúria. Deve ser o que levou a Irmandade a acreditar na sua aptidão. Se é que existe. A aptidão. A fúria cega é provável. Não é inteligente, fúria cega. Como quando empurrou seu professor...", ele buscou na página, "Leôncio da janela do dormitório? No segundo andar?"

Ninguém sabia daquilo fora da Instituição. O professor não deu queixa à polícia. Nem poderia. Não houve registro de seu atendimento no pronto-socorro. Outros internos da Instituição também o acusaram do mesmo tipo de assédio quando o diretor fez a acareação. Leôncio foi quietamente transferido para algum outro orfanato e não se soube mais dele. O nome Leôncio Lima, no entanto, estava ali, em meio àquela mistura de grifos cifrados. Beto Hagger percebeu minha tentativa de ler a página. Virou-a. Eu não reconhecia nenhuma palavra.

Quase ria quando me mandou ler a frase junto ao nome de professor Leôncio, que, sim, eu tinha empurrado, sim, sem me dar conta de que o fazia. Eu era um menino pacífico, eu achava, até então. Exceto pela outra vez, antes do episódio do professor Leôncio, quando derrubei pela escada um garoto e comecei a bater a cabeça dele no cimento do pátio. "O guri tinha chamado sua mãe de assassina. O nome dele era André Luís Mesquita. Depois você socou um outro, de nome...", leu, "Lucio Miller, até ele desmaiar. E há episódios com Humberto Brandão, com Ivo Passeri, com Alberico Morgado... A lista tem outros nomes, sobrenomes, idade e tudo o mais."

Não me lembro, novamente menti, novamente tentando ler o que via diante dos meus olhos.

"Leia", apontou uma frase no texto. "Pode ler."

Overfaldet og smed den ældre mand fra anden sal, li alto, tropeçando em cada palavra.

Ele riu, um sorriso de dentes alvos e grandes, perfeitamente alinhados.

"Atacou e jogou o homem mais velho do segundo andar etc. etc. Está escrito em dinamarquês. Informações sobre você. As surras que dava nos outros meninos, as fugas constantes e seus gritos na volta, depois de encontrado e detido, os desaparecimentos num esconderijo no porão, os gemidos no banheiro, o nome e endereço do puteiro onde se escondia, as tantas vezes que fodeu a cafetina velha e quantos cruzeiros ela lhe dava, as quantias surrupiadas das gavetas dos inspetores e dos guardados dos colegas, sua vergonha e cólera quando o descobriram queimando as notas roubadas sem nunca tê-las utilizado, as agressões a cada vez que zombavam das suas limitações, relatos dos professores que o achavam um idiota irrecuperável e dos que viam em você uma inteligência soterrada, na verdade só um deles, só o diretor, o sujeito que armou seu emprego no cartório, um membro da mesma associação do seu patrão tabelião, a mesma a que seu pai pertencia, a mesma da qual meu pai faz parte. Está tudo aqui. Menos que você é um aleijado. E gago. Escrito na língua do meu pai e dos associados dele. Dinamarquês."

Meu assombro pareceu irritá-lo.

"Não tenho nenhum interesse particular em ajudá-lo. Você me parece um idiota, como acreditavam seus professores. Não o escolhi. Fui designado para isso, simplesmente. A Irmandade tem interesse em você, não eu."

Qual Irmandade?

"A associação", Beto Hagger explicou, "a que seu pai pertencera antes e depois da guerra, até o voo do Mercury grená na Serra das Araras. A mesma hábil Irmandade capaz de entregar a Dinamarca aos alemães, criar um exército próprio de voluntários, o Freikorps Danmark, para auxiliar os nazistas na luta contra a União Soviética e permanecer poderosa depois do debacle nazista, a mesma Irmandade silenciosa e lucrativa, antes e agora influenciando militares e civis de Berlim a Brasília, de Washington a Amã, do Panamá a Belfast, suprindo com armas, treinamento, financiamento a grupos e indivíduos dispostos a manter as engrenagens rodando na mesma direção que tornam o mundo conveniente para si, seus descendentes e todos aqueles aptos a conduzir a civilização pelos caminhos da liberdade, do progresso e da ordem. No rumo oposto ao pretendido pelos atuais dirigentes brasileiros", ele falou, concluindo. "E hoje é o dia escolhido. A noite decisiva."

Meu pai não era dinamarquês, não era nem europeu, o que tinha a ver com a Freikorps e os nazistas do seu pai, do que você está falando, por que me drogaram e me puseram naquele quarto de empregada, no apartamento da mulher morta e...

"Cale-se", ordenou. "Não disse que seu pai era dinamarquês. Você não sabe nada sobre o seu pai. Ou sobre a sua mãe. Ou sobre a sabotagem que os matou. Tudo o que você sabe é mentira. Mas não cabe a mim lhe contar. Você não me interessa, garoto, já lhe disse. Você é apenas um merdinha capenga, gaguejando pilhas de besteiras."

Que merda de sabotagem é essa de que você está falando?

"Sente-se. E abaixe esse tom de voz ou eu te cubro de porrada. Sou bom nisso. Se não acredita, continue de pé."

Sentei-me.

Meu pai nem era europeu, porra, repeti, sem saber o que dizer ou fazer em seguida.

"Você está ficando com raiva. Isso é bom. É o que a Irmandade quer de você."

Por que eu?

"Sua fúria."

Minha...?

"Sua fúria. Sua capacidade de ser tomado pelo irracional, até matar, se não o impedirem. Como o impediram tantas vezes na Instituição. Desta vez você estará livre. Você poderá, finalmente, como sempre quis e tentou várias vezes na Instituição, bater a cabeça do inimigo no concreto, até estourá-la e os miolos saírem para fora. Metaforicamente falando."

Seus olhos desviaram de mim para a porta da biblioteca sem livros.

"Entre", ele falou.

Vi apenas uma silhueta de mulher, parada. Não distingui o que trazia na mão esquerda.

"Tereza é quem vai lhe falar da missão. Vocês já se conhecem."

Sim, já nos conhecíamos. Era a mulher jovem que me servira suco e biscoitos de manhã, na casa de Lídia Hagger.

14.
Deus ri

Ela atravessou a biblioteca inexistente, sentou-se no divã e me indicou o lugar a seu lado, ao mesmo tempo que Beto Hagger se levantava, deixando os papéis sobre a mesa, caminhava sem pressa até a porta e a fechava ao sair. Movimentação de atores bem ensaiados. Bis.
 Tinha olhos amarelados, percebi ao sentar próximo. Mais do que me lembrava. Dourados, quase. Escuros. Olhos cor de âmbar. Também me avaliavam, como Beto Hagger fizera, escrutinando cada minúcia do meu rosto. Era embaraçoso. Mas me agradava. Me excitava, até, de alguma maneira. Mesmo que encerrasse perigo, algum tipo de perigo, vago, inefável, risco e lisonja se misturavam. Ali eu não era invisível.
 "Você se parece com ela", murmurou.
 Ela?
 "Parece. Sim. Tem uma semelhança. No formato do rosto. Ou, hum, na maneira como os cabelos lhe..."
 Falava com vagar, num tom carregado de música e leve sotaque, talvez baiano, pensei. Pernambucano?
 "Os cabelos... Os olhos fundos, bem afastados do nariz e... Tem. Tem, sim. De uma maneira obscura. Não é evidente. Mas tem."
 Semelhança com quem?
 "Você é uma versão", ela hesitou, procurando a palavra, logo encontrou, "mais abrutalhada dela. Seu nariz é", hesitou de novo, "as asas do seu nariz são", parou, refletindo, "todo o seu nariz, desde a base até as asas, é bem mais largo, onde o dela é estreito e fino. E sua boca, o lábio inferior, principalmente, é mais", de novo pausou, "tem mais", continuou, "tem mais nitidamente sinais da ancestralidade africana.

Do povo bacongo."

Bacongo?

"Os escravos da Guiné levados para Alagoas. Mais do que ela. Bem mais do que ela."

Alagoas? Ela?

"Alagoas. Terra de sua mãe e sua tia. A pele. Mais clara, bem mais clara, a dela. A sua, você é moreno como sua mãe e... Hoje mais ainda, avermelhado do sol desta manhã, na praia."

A morta de Copacabana, é dela que você está falando, tentei interromper, confuso, de volta às lembranças do labirinto. Como me levaram para lá, por que me levaram para lá, por que me trancaram no quarto de empregada, por que você me dopou, a droga estava no suco, não estava? E aquela mulher morta? Quem é aquela mulher? Quem cortou o pescoço dela foi o sujeito da navalha, perguntei, tentando, sem sucesso, não gaguejar.

"Essa é a minha tarefa, lhe contar tudo. E lhe preparar."

Me preparar para quê?

"Você não tem compasso moral."

Parecia um elogio, da forma como falou.

"Você arromba gavetas, rouba carteiras, rouba comida, rouba dinheiro, empurra garotos escada abaixo e inspetores pela janela, você força um pederasta velho a chupá-lo, cobra e diz que é dinheiro para a condução. Sim, sabemos. Sim, o velho pederasta é nosso agente, a mulher degolada também foi. Não, ela não era a verdadeira princesa da noite. Ela foi uma das princesas da noite. Houve várias. Já existe uma outra, praticamente idêntica, com os mesmos traços criados por cirurgia plástica, ocupando o lugar daquela que cogitou trair a Irmandade, morando no mesmo apartamento onde você deixou impressões digitais e marcas de sangue do quarto à área de serviço e pelas paredes da escadaria."

Vocês queriam me incriminar.

"Sim. É óbvio, não é? Como é óbvio que nem a polícia, nem os jornais, nem ninguém iria acreditar numa história de assassinatos sem objetivo, sem lógica e sem corpos. A polícia tem crimes de verdade para se preocupar. A imprensa tem um país inteiro afundando para noticiar."

O Instituto Médico Legal, o corpo de Beto Hagger que não era o corpo de Beto Hagger, fui recordando, titubeante, o fotógrafo Amarantes que não era Antonio Amarantes, o incêndio na boate Vogue, o sumiço do austríaco, a casa abandonada no Montedouro e...

"Você já percebeu tudo, não percamos tempo, não podemos perder tempo."

Revirei os arquivos do *Correio da Manhã*, falei, admirado, vi fotografias do incêndio, vi fotografias das festas na Vogue, li outros jornais, fucei tudo, não encontrei nenhuma referência a Christian Holzer, nada, nem uma linha sequer, nenhum jornal, nenhuma revista citava o desaparecimento dele.

"Identidades se criam e se apagam."

O corpo encontrado nos escombros da boate era o de Christian Holzer, aposto. Era o corpo de Viktor Halasz, não era? Ele foi morto e colocado no banheiro do camarim, compreendi.

"E se foi assim? Que importa? Quem desapareceu foi Toni Amarantes. Uma namorada reconheceu os restos mortais."

Uma *girl*, lembrei. Uma *girl* pálida e bela como uma princesa persa, finalmente tive certeza. Soraya Palazzo. Uma delas. Lídia Volpi. A primeira Soraya Palazzo. A aliada de Beto Hagger. Como fui idiota, todo esse tempo. A trama aberta, bem à minha frente, e eu nada vi.

* * *

"Não podemos perder tempo", impacientou-se a mulher de olhos de âmbar.

Quem é você? No Montedouro, Dona Lílian chamou você de Judith. Agora ele a chamou de Tereza. Qual o seu nome verdadeiro? O que está acontecendo? Por que eu...

"Você sabe o seu próprio nome?", ela interrompeu.

Claro que sei.
"Qual é o seu nome?"
Você sabe o meu nome. Vocês sabem meu nome. Vocês sabem detalhes da minha vida que estão naqueles papéis lá na mesa, não entendo por que, mas ele, ele leu coisas ali que...
"Qual o seu nome?"
Você sabe meu nome.
"Sim, eu sei. Mas você não sabe."
Claro que sei meu próprio nome.
"Não se irrite. Ainda não. Fale o seu nome. Apenas isso. Fale o seu nome."
Falei.
"O nome do seu pai e o da sua mãe? Diga."
Eu disse.
"Da sua irmã?"
Por que está me perguntando essa merda toda, reagi, inquieto e intrigado. Não estão lá, os nomes todos, você não leu, não tem os nomes deles naquele relatório em cima da mesa, a hora da morte de cada um, a causa da morte, o resultado da necropsia, o relatório do legista, não está tudo contado naquelas folhas?
"Apenas me diga o nome de sua irmã. Só isso. O nome de sua irmã."
Elisabeth.
Ela fechou os olhos, abaixou a cabeça e, creio, suspirou, antes de voltar a me olhar.
"Elisabeth", murmurou, num tom que não identifiquei, antes de quedar-se quieta, longamente, a me fitar com menosprezo, me perguntei, piedade, acreditei em seguida, curiosidade, ocorreu-me, intimidade, achei possível ao ver que pousava a mão em meu joelho. Sim, só me restou dizer após algum tempo, Elisabeth, sim, foi, era, seu nome, o nome dela, soltei, me esforçando para não gaguejar, sem provocar nenhuma reação identificável. Tereza, ou Judith, apertou, quase imperceptivelmente, meu joelho, sem desviar o olhar do meu. Não consegui sustentar. Puxei o

primeiro assunto que me veio à cabeça, apontando o objeto em seu colo.

Isso parece um álbum de fotografias.

"Há tanto que você não sabe", murmurou, mantendo o olhar e a mão em mim. "Nem sei por onde começar."

Por que me perguntou por nomes, Tereza? Se é que você se chama mesmo Tereza.

"Eliana."

Seu nome verdadeiro é Eliana, perguntei, mais uma vez desconcertado.

"Sua irmã se chama Eliana."

Elisabeth se chamava Eliana?

"Tudo o que você sabe é mentira. Quase tudo. Por isso estou aqui. Para lhe contar. Antes da missão."

Que missão, porra, que missão?

"A paz para sua irmã."

Minha irmã morreu há dezessete anos.

"Tudo o que você sabe, tudo o que disseram, tudo o que lhe foi contado até hoje", repetiu, "é mentira."

* * *

Foi Tereza, Judith, qualquer que fosse o nome real da mulher de olhos amarelos, quem me conduziu pelos meandros anteriores ao acidente na Serra das Araras e a farsa, as farsas, as tapeações, as mentiras, o torvelinho em que fui lançado depois. Se ela dizia a verdade. Se é que ela sabia a verdade.

O acidente não foi um acidente. O eixo do Mercury teria se partido numa sabotagem da outra Organização, ela disse, rival da Irmandade, para eliminar meu pai, ativista e informante na região onde Getúlio Vargas desde 1941 montava uma indústria siderúrgica, fruto da troca de apoio ao Eixo por adesão aos aliados de Roosevelt.

A guerra tinha acabado em 1945. As revanches, não. Dos dois lados.

Meu pai era de algum lugar no sul do Brasil e tinha sido obrigado a engolir óleo de motor de trator, como tantos outros descendentes de italianos atacados por antifascistas nas colônias agrícolas de imigrantes no Paraná e Santa Catarina a cada vitória da armada de Benito Mussolini, antes de fugir para São Paulo, onde aderiu à Irmandade liderada no Brasil por Mathias Robert Boilensen-Hagger.

A Irmandade o conduziu para a quieta profissão de farmacêutico, pagou seus estudos numa universidade particular, decidiu pela missão de influência, informação e neutralização na área de efervescência sindical e getulismo, numa cidadezinha próxima à Companhia Siderúrgica Nacional, em Volta Redonda. A mulher com quem se casou foi selecionada, com a ajuda e a cumplicidade inesperadas de uma aliada especial, entre as mais banais disponíveis na cidade. Era fértil, era dócil, era agradável aos olhos. Minha irmã nasceu nove meses depois do casamento. Um farmacêutico é apenas um cidadão opaco, vez por outra visitado por caixeiros-viajantes portadores de novas informações.

Mas nada era o que parecia. Ou muito pouco.

No bairro do Montedouro, na capital federal, os jogos de aparência se repetiam. E se adensavam.

* * *

No Montedouro, vivia o importador e empresário dinamarquês Mathias R. Boilensen-Hagger, com a mulher e o filho. O novo bairro entre o Méier e Lins de Vasconcelos fora ocupado por recém-chegados de outras partes do país e do Rio, desconhecidos uns dos outros, instalados em casas em centro de terreno, onde vizinhos podiam manter distância civilizada. O patriarca da família Boilensen-Hagger era dono de uma rede de lojas de material de construção que o levava a viajar muito, enquanto sua circunspecta mulher brasileira se ocupava pessoalmente da propriedade, da educação do filho e dos afazeres domésticos, sem auxílio de empregados, sem tempo ou interesse para contatos com outros moradores. Mantimentos e compras eram entregados regularmente por um furgão de cor verde-musgo, sempre o mesmo, dirigido por um homem taciturno, desencorajador de cumprimentos ou aproximações. No bolso frontal de seu macacão, estava bordado o símbolo verde e amarelo das lojas Big Brasil.

* * *

O homem faz planos e Deus ri, li em algum lugar. Ele não poupa os belos à Sua semelhança, como certa manhã, numa varanda com vista para o mar de Copacabana, acreditara o húngaro cremado dentro da boate que ele próprio ajudara a criar, manietado por seu pupilo Toni Amarantes, estrangulado pelo homem belo como uma escultura de Arno Breker por quem se apaixonara. Deus, os deuses, o destino, que nome se der ao caos regente da vida humana, tinha outras gargalhadas a dar. A apenas alguns dias antes do Comício da Central do Brasil e das maquinações da Irmandade para o país.

A mulher que eu conhecera não era Lílian Hagger. Nunca existira nenhuma Lílian Hagger. A verdadeira Dona Lílian chamava-se Abigail e morrera antes de Beto Hagger ser enviado à Dinamarca para instrução e polimento. O homem louro de ombros largos como um campeão de natação, assassinado a poucos metros da casa, junto ao Aero-Willys, era seu duplo Toni Amarantes.

O assalto, um acaso estúpido praticado por um idiota maconhado, uma diversão divina com joguetes humanos, tirou de cena o versátil amante da vedete de teatro de revista com quem João Goulart mantinha relações quando vinha ao Rio de Janeiro, instalada num apartamento térreo, de fundos, na sossegada Fonte da Saudade, onde o presidente estava destinado a ser dopado e morto por Toni. A vedete alertaria o segurança e o motorista de Jango, estacionados sem alarde perto do prédio de três andares da Rua Victor Maúrtua. O corpo seria retirado e o escândalo evitado com o anúncio de um fulminante ataque cardíaco do presidente, enquanto dormia, sozinho, no quarto de seu apartamento em Copacabana. No turbilhão que viria a seguir, com disputa entre o cunhado Leonel Brizola, os governadores Carlos Lacerda, Miguel Arraes e Magalhães Pinto pelo cargo vago, os membros da Irmandade nas Forças Armadas encontrariam justificativa e respaldo para tomar o poder e apaziguar o país.

Um boçal drogado desbaratou a construção minuciosa da Irmandade, esboçada entre Washington, Copenhague, Berlim e Cidade do Panamá. Deus riu. De novo.

A casa do subúrbio de Montedouro aonde eu chegara seguindo uma pista fornecida num pedaço de papel por um fotógrafo que eu acabara de conhecer na sala dos mortos do Instituto Médico Legal, a casa do jardim de inverno às escuras, fora abandonada havia tempo. Era apenas ponto de reunião e planejamento de ações da célula da Irmandade no Rio de Janeiro. A pálida *girl* decapitada sobre um tapete branco era mais uma das *girls* pálidas fabricadas e instaladas no apartamento onde Toni e Beto viviam unidos como gêmeos siameses, acompanhados de uma morena igualmente pálida, de olhos verdes como o fundo lodoso de um lago e porte majestoso de imperatriz da Pérsia, um apartamento de andar inteiro na Rua Viveiros de Castro, onde eu acordara nu e vomitado, antes de rebentar a porta do quarto de empregada em que haviam me trancado e deixar pegadas e digitais manchadas de sangue em fuga estúpida, para depois mergulhar no mar em frente ao Copacabana Palace e forçar um velho a me chupar em troca de alguns cruzeiros, surgido ao acaso, no banco do calçadão da Avenida Atlântica, um acaso que nada tinha de acaso, nem o labirinto fora um acidente, ou imprevista a aparição do fotógrafo Amarantes, cordial até quando me mostrou a navalha e me fez entrar no carro azul que me trouxera a esta casa vazia, no meio da Floresta da Tijuca. Ações simples e eficazes, que dependiam da adesão de um tolo. Eu.

"Quer saber seu nome", ela perguntou de supetão, interrompendo, ou tentando encerrar, a enxurrada de informações talvez verdadeiras, talvez inventadas para me engambelar. "Quer saber como se chamava antes de ir para a Instituição?"

O que tem um nome, que diferença faz um nome, respondi, sem convicção. Ela percebeu, creio.

"Nada. Nenhuma. Ou muita. Os novos nomes, as certidões de óbito falsas, os internamentos em instituições de estados distantes um do outro, você em Minas, Eliana no interior da Bahia, sem contato entre vocês, salvaram sua vida e a de sua irmã. Você morreu naquele desastre."

Quem morreu foi minha irmã.

"Vocês cinco morreram. Cinco corpos foram enterrados."

Meu pai, minha mãe, minha tia e minha irmã morreram.

"Posso lhe mostrar sua certidão de óbito."

Uma farsa como o corpo de Beto Hagger no Instituto Médico Legal?

"Sua morte foi sua garantia de vida."

Vida, que vida, a merda de vida que eu tenho, exclamei, a raiva crescendo e, com ela, incontrolável e surpreendente, uma excitação que me fazia sentir mais, duvidei a princípio, porém meu corpo insistia, forte. Viril. Potente. Não o garoto que insistiam em me chamar. Homem. A ira me inundava de confiança.

"A vida possível. A única possível. Até agora."

* * *

Ela chegou mais perto, colocou a álbum de fotografias sobre minhas pernas. Sua mão subiu, roçou o interior da minha coxa. De propósito? Meu corpo respondeu como despertando. A capa de madeira marchetada, reproduzindo a silhueta do Corcovado e o Cristo de braços abertos, ocultou minha ereção iniciante. Eu não tinha compasso moral, ela dissera, no começo de nossa conversa. O que era isso, compasso moral?

Tereza abriu o álbum.

Logo à primeira página, um homem penteado com esmero, inteiramente vestido de escuro exceto por um colarinho duro e uma gravata-

-borboleta, brancos como o peitilho triangular, engomado, um capelo sob o braço esquerdo, olhava fixamente para a direita sem maior interesse, tal como seu rosto, desprovido de qualquer detalhe memorável na foto de formatura.

"Seu pai", disse, acrescentando um nome que eu nunca tinha ouvido. Nunca tinha visto aquela foto, tampouco. Se algum dia tinham me mostrado uma fotografia de meu pai, ou de quem poderia ter sido meu pai, e eu não tinha certeza se isso jamais acontecera, não se parecia com aquele jovem ossudo, de nariz longo e cabelos rareando precocemente.

Tereza passou outras páginas, várias com imagens esmaecidas, algumas em tom sépia, boa parte posada em estúdios com nomes impressos em alto-relevo, outras tantas em locais corriqueiros como praças, jardins, coretos, além de fotos de casais em mesa de algum clube, outras diante de casas em rua do interior, senhoras e moças sentadas em bancos e gramados, uma mulher morena arredondada e baixa com bebê no colo, a mesma mulher morena em outras poses junto a uma menina em épocas diferentes, o homem da foto da formatura, agora quase careca, metido em um jaleco claro, de pé atrás de um balcão, a mesma mulher morena de braços dados com outra mulher, tão morena quanto ela, porém mais alta, de cabelos curtos, quadris estreitos, busto pequeno, olhando para a câmera com um misto de desafio e ironia. Parecia, ao contrário dos outros retratados, contemporânea. Era quase bela. Quem é, perguntei.

"Yolanda."

Esta então era Yolanda, pensei, com admiração. Senti, inapelável e inadequadamente para aquele lugar e momento, um misto de gratidão e afeto pela mulher que me abraçou e me protegeu com seu corpo, durante o voo do Mercury no abismo.

"Sim. Yolanda. Sua mãe."

Minha tia, corrigi.

"Sua mãe", Tereza repetiu. "Amante do seu pai. Irmã da mãe de Eliana, com quem seu pai era casado."

15.
Mentiras

Tudo que sei de Yolanda me foi dito ali. Espero que seja verdade. Nunca terei certeza. Não há como. As testemunhas estão mortas, todas. Restaram as fotos. O álbum meticulosamente organizado por minha mãe, ano a ano, mês a mês, desde o primeiro encontro com meu pai. Pela mulher que eu sempre acreditara ser minha mãe. A irmã caçula de Yolanda. A mãe de Elisabeth. De Eliana. Aqueles rostos em preto e branco, para sempre inertes em grossas páginas cinza cartolinadas, eram os que eu passaria a associar aos nomes de meu pai, da irmã de minha mãe, da filha da irmã de minha mãe, de minha mãe. Nunca mais pensaria nela como tia Yolanda.

    Minha mãe e meu pai haviam se tornado amantes logo ao se conhecerem, ou pouco depois, desde o início do trabalho dela como enfermeira e assistente do farmacêutico recém-chegado de São Paulo à acanhada cidade próxima da construção da siderúrgica em Volta Redonda, mais um entre levas de forasteiros à cata de trabalho e clientes em torno da produção de aço em larga escala.

    Os ecos da guerra, em boletins radiofônicos, manchetes de jornais chegados do Rio de Janeiro no trem do fim da tarde, no pão de milho substituindo o trigo, racionado como o açúcar, ovos, carne, gasolina e querosene, nos veículos adaptados para o uso de gasogênio, nas janelas de vidraças escurecidas ou tampadas, e nas conversas circunspectas de estrangeiros escapados dos continentes em conflito, proibidos de falar italiano, alemão e japonês em público, eram abafados pela efervescência do novo mundo brotando às margens do rio Paraíba do Sul.

    A oferta de emprego ampla na Companhia Siderúrgica Nacional, em todos os níveis, incluía treinamento, moradia subvencionada em bairros e municípios próximos, escola, transporte, seguro saúde. A farmácia de meu pai já estava cadastrada como fornecedora de medicamentos para funcionários da CSN e seus dependentes antes mesmo de ele chegar à cidade. A Irmandade atuara para isso.

Meu pai não foi o primeiro, nem o único, nem o último, amante de Yolanda. Cada um tinha e manteve sua própria, conveniente, vida secreta. Ela nunca mencionou os homens, sempre casados, de seus breves e intensos encontros desde a adolescência em Maceió, ele nunca revelou a atividade para a qual fora extensamente preparado em São Paulo. Não poderia. As metas de cada membro da Irmandade eram, como ainda são, sublinhou Tereza, conhecidas apenas por membros do círculo logo acima, diferentes a cada missão, e assim por diante, evitando vazamentos, quedas, identificação de agentes ou revelações em caso de indiscrição, traição, prisão ou tortura. Assim a Irmandade atravessara décadas, revoluções, golpes de Estado, guerras, regimes, países e oceanos, desde sua criação, nos anos 1910, a partir dos paramilitares alemães das *Kampfverbände*.

Por insistência, ou determinação, de Yolanda, qualquer possibilidade de intrigas sobre o farmacêutico e sua assistente se desfez quando meu pai começou a namorar, noivou, casou-se com a irmã mais nova dela, Yara, uma dócil morena de formas arredondadas e rosto harmonioso como esperado das belezas da época, com quem meu pai passeou de mãos dadas, como quando eram namorados, ao longo dos nove meses da gestação de Eliana, e continuou depois, um marido e pai corriqueiro em companhia da esposa e da filha, pelas ruas de paralelepípedos e praças de canteiros manicurados. A avó, que criara as duas órfãs, voltara para a fazenda de origem em Alagoas, a encerrar seus dias entre parentes, cabras e quintais. Yolanda, magra, alta, levemente dentuça, solteirona aos trinta anos, passara então a viver com o cunhado e a irmã, um arranjo confortável sob todos os aspectos, acompanhando-os nos passeios de carro pelas redondezas nos fins de semana e nas viagens a São Paulo ou a praias do litoral santista, ajudando a irmã a cuidar da sobrinha e, quatro anos mais tarde, do filho homem tão desejado por meu pai. A tia era apegada às duas crianças. Ao menino, particularmente. A mim. Até o último instante.

Yara acolhera e adotara, registrando como seu e do marido, o filho da irmã, eu agora sabia, nascido sem alarde durante uma longa viagem de Yolanda, sem desconfiar quem era, nem perguntar sobre, o pai da criança. Jamais saberia.

Sua fúria suicida dentro do Mercury, numa curva na Serra das Araras, empurrando para a morte o marido infiel, a irmã traidora, a própria filha e o sobrinho bastardo, motivo de escárnio que tanto me amofinara na Instituição, fora invenção oportuna da Irmandade, um crime passional para encobrir a sabotagem da Organização rival. Clandestinos ocultando clandestinos e assim mantendo-se invisíveis para a sociedade em geral. As reais tarefas de meu pai, por trás da fachada da vida prosaica do farmacêutico, permaneceriam desconhecidas. Capítulo encerrado.

Exceto por duas razões.

* * *

"Você e sua irmã foram enterrados no cemitério de Inhaúma, no Rio de Janeiro. O corpo de seu pai foi cremado em São Paulo. Os de sua mãe e de sua tia, enviados para Alagoas e sepultados por lá. Tenho a localização, caso um dia você queira ver sua própria sepultura. Seu nome lá é Daniel Gorovitz, o de sua irmã..."

Não me interessa, cortei.

"... Deborah. É um cemitério israelita, daí os nomes. O último lugar onde eles procurariam seus corpos."

Eles?

"Os assassinos de seu pai."

Os assassinos de meu pai, pensei, tentando me ajustar a uma ideia sem forma, definidora do meu destino.

"Os assassinos de seu pai", ela repetiu, os olhos cor de âmbar fixos nos meus.

No silêncio que se seguiu, minutos, segundos, não sei quanto tempo, Tereza e eu permanecemos estáticos, lado a lado, quietos como num velório. Tardio. Inútil.

Yara, devo ter pensado alto, então Yara, a afável mãe de Eliana, a cordata esposa do homem sem particularidades, morreu sem nunca tomar uma atitude intempestiva, sem nunca ter tido um acesso de cólera, sem nunca deixar de ser a boa esposa passiva crente na família harmoniosa que, tão cegamente, tão como outras tantas boas esposas de seu tempo, acreditava ter construído, sem nunca ter levantado a voz, muito menos agredido o homem a quem jurara lealdade e obediência, sem nunca enfiar os braços no volante, sem nunca, nunca, calei-me, turbado pela noção desta outra, das muitas mentiras que haviam moldado minha vida, minha consciência, meu, percebia, turvamente, ódio, meu rancor, o arcabouço do que sou, do que me mantivera à tona. Minha mãe nunca tentara me matar. Yara não era nossa assassina. Minha tia Yara. A irmã de minha mãe não era nossa assassina.

"Ela, não. Nunca. Yara, não. Eles. Eles sim."

Eles, eles, eles, você continua repetindo *eles*, igual ao Gilberto Amarantes, repetindo *eles* como o pai de Toni. Quem são esses *eles*, porra?

"Os assassinos de seu pai, já disse. Os assassinos de sua mãe. Os assassinos de Yara. Os seus assassinos e de sua irmã."

A lógica me escapava. Por que procurariam nossos corpos, se já haviam eliminado o agente da Irmandade? Para quê?

"Ter certeza que a família acabou, que o trabalho foi bem-feito, nos mostrar que a Organização deles era mais poderosa que a nossa, a vitória deles onde estávamos certos de ter vencido."

* * *

A guerra terminara, Hitler estava morto, Mussolini enforcado em praça pública, o Japão arrasado por bombas atômicas, os pracinhas da FEB de volta a suas famílias no Brasil, os criminosos nazistas sendo julgados em Nuremberg e Hamburgo, quando a barra de direção, o eixo e os freios do carro de meu pai se partiram e fomos lançados sobre as copas das árvores da Serra das Araras. De qual vitória ela falava? De qual derrota?

"As informações sobre as propinas, os ministros cooptados, os sindicalistas comprados, os tentáculos do getulismo, os aliados dos americanos disfarçados de esquerdistas, os dólares desviados da construção da Companhia Siderúrgica Nacional, seu pai as tinha reunido. Nunca foram encontradas. As consequências foram o que foram. As derrotas se acumularam."

Tereza percebeu que eu não atinava.

"Getúlio Vargas de volta à Presidência pelo voto popular, santificado, sem acusações, sem máculas, até onde o velho foi útil para eles, antes de cair em depressão e ser induzido a se matar."

No dia do suicídio de Vargas, eu lembrava, as aulas, estudos e atividades na Instituição foram suspensos. Como num feriado. Ou dia santo.

"E os outros. Café Filho, Juscelino Kubitschek, Jânio Quadros, João Goulart, essa sequência desastrosa de empregados deles, nunca teria acontecido se seu pai tivesse chegado a São Paulo."

Um professor dissera, alguma vez, em alguma aula perdida na memória, que nada no Brasil era o que parecia. Talvez tivesse razão.

Você disse que apenas um círculo sabe do outro, retruquei. Não faço parte de nenhum. Nem pertenço à sua organização. Não faz sentido me contar tanto.

"Quando descer para conversar com Beto Hagger, compreenderá."

Não.

"Você precisa saber."

Não.

"Vai compreender."

Por que, por que, por que eu tenho de saber, gritei, sem conseguir me conter. Por que está me contando tudo isso agora, quando todos já estão mortos, por que me mostrou essas fotografias, me deu os nomes, a trajetória de meu pai, de minha mãe, de cada um deles, dela, delas, dele, por que agora, agora, dezessete anos depois? De que me adianta? Como posso saber que não está mentindo, inventando e deturpando fatos de um passado que talvez nem seja o meu, nem o deles, qual o interesse, qual a maluquice, de onde e para que, eu gaguejei, indignado, excitado, sem acanhamento, minha ereção claramente à vista, se vocês são mesmo uma Irmandade poderosa, por que me deixaram ser humilhado naquele lugar, por que abandonaram o filho de um membro dessa tal Irmandade num orfanato na periferia de uma cidade moribunda, sem orientação, sem educação, escondido como um criminoso, mais um merdinha sem futuro nem passado, enfiado numa, numa, numa, eu não conseguia encontrar o que queria e precisava dizer, e a palavra que aflorava sem cessar era insuficiente. Mas acabei soltando. Toca.

"Sou o segundo círculo nesta missão", falou, calma e pausadamente, o que me irritou mais ainda. "Sei apenas o que me foi dito para dizer a você, sobre você, e que li neste relatório."

Invenções, mentiras, ficção, tudo falso, falso, falso, gaguejei.

"Seu pai", Tereza prosseguiu, no mesmo ritmo pausado, sempre no tom de leitura desinteressada, "foi espancado, teve dentes quebrados, engoliu óleo, foi xingado, arrastado pelo chiqueiro, humilhado e nunca se fez de vítima. Ao contrário. Vingou-se. Não envergonhe seu pai. Você aprendeu inglês, francês, latim, espanhol. Com dedicação especial do professor que você acabou empurrando pela janela. A nenhum outro interno foi dada uma formação como a sua. Você leu os clássicos ingleses e portugueses, você aprendeu ciências, geografia, o velho e o novo testamento, história da civilização, canto orfeônico, caligrafia, química, álgebra, matemática. Ao contrário dos outros internos, a sua educação foi intensa. Profunda. Como num colégio particular de elite, como cabe ao filho de um membro da Irmandade. O diretor se ocupou pessoalmente disso. Foi ele quem indicou você para um posto num cartório no centro do Rio, em que o tabelião também é membro da Irmandade. E você tem um trabalho de meio expediente num jornal. Nosso. Dirigido por um empresário nosso. Tem rondado as redações dos jornais grandes, pedindo emprego. Está na sua ficha. É mentira?"

Era verdade.

"A identidade falsa no orfanato salvou sua vida. O sepultamento no cemitério israelita de Inhaúma salvou sua vida. Se o tivessem encontrado, você estaria morto. Agora eles já sabem. Não há mais por que esperar."

Eles, quem, Tereza? Sabem o quê? Esperar o quê?, exasperei-me, a ignorância desfazendo minha ira e minha ereção.

"Os planos da Irmandade para você. Eles sabem."

* * *

Em alguns sonhos eu já me sentira assim, irremediavelmente mergulhando sem fim, caindo e caindo, despencando e dizendo a mim mesmo que estava sonhando e que precisava parar, precisava acordar, aquilo tinha de acabar, sonhos acabam, pesadelos acabam, em algum momento eu despertaria e tudo estaria como quando era no início, quando eu ainda não tinha sido imerso naquela sequência interminável de falas circunvagas, como agora.

"Eles já sabem de você, quem você é, de quem é filho, descobriram os túmulos sem corpos, a pensão onde você se hospeda, o seu trabalho no cartório, mas não tínhamos certeza do quanto você estava informado sobre tudo isso, se você tinha suspeitas sobre o corpo de Toni Amarantes, acreditávamos que eles acabariam indo atrás de você, mais dia, menos dia, mas não que poderiam vir à casa no Montedouro, que sabiam da existência dela. Sabiam. Vieram. Estavam esperando você no caminho de volta para a estação. Entre o que você não sabia, ou parecia não saber, mas ameaçava descobrir antes de estar preparado, eles surgiram, antes do esperado, antes do que havíamos calculado. Por isso fomos obrigados a dopar você. Para tirá-lo de lá sem que eles o vissem. Mas você se precipitou, saiu da casa antes da droga fazer efeito. Caiu na rua. Nós o levamos para Copacabana, onde ficaria a salvo. Mas eles..."

Mas, mas, mas, eles, eles, eles, minha queda no escuro não acabava, um fantoche manipulado por marionetistas tontos, a raiva pulsando em minhas veias e no meu pau.

"Eles tiveram informações sobre a vedete amante de Jango, sobre os planos para provocar a morte dele por aparente ataque cardíaco, detalhes sobre a relação da vedete com Toni, os dias e horários em que se encontravam, tudo, todas as minúcias. Seguiram Toni. Prepararam uma armadilha."

O assaltante drogado, então, não foi mero acaso?

"A armadilha estava preparada para o apartamento da amante de Jango. Toni seria morto lá, o corpo esquartejado e descartado. O assalto os pegou, e a nós, de surpresa. O fator inesperado. Desfez todos os planos. Nossos e deles."

Por isso o corpo de Toni ficou abandonado no Instituto Médico Legal, entendi, finalmente.

"Toni Amarantes não existia mais, oficialmente. Tinha morrido no incêndio da boate Vogue. Mas até eles achavam que a vítima do assalto era Beto Hagger. Hoje, com todas as atenções voltadas para o Comício da Central, era o dia perfeito para resgatarmos o corpo. A sua teimosia atrapalhou."

O corpo não está mais no IML

"Sim."

Onde está?

"Não sei. Nem saberei. É responsabilidade de outro círculo."

O que você quer de mim?

"Nada. Minha tarefa é só lhe informar. Eu nem estaria aqui se não fossem as desordens causadas por sua obstinação e pela traição dela."

Tereza não sorria agora. Notou que eu não sabia de que traição falava.

"Soraya. Degolada como exemplo. No apartamento onde há digitais suas por toda parte. E marcas de sangue. E sinais de violência, como a porta do quarto de empregada arrombada."

Fui um imbecil. Sou um imbecil.

"Sim. E daí? Não faz diferença. Não mais. Eles iam pegar você. Eles sabiam dos planos da Irmandade para você. Uma parte. O que a princesa de Copacabana ouviu de Beto Hagger e Toni Amarantes. O resto que ela deduziu. Deduziu errado. Para sorte sua. Nós lhe salvamos deles."

Eles, quem, quem, Tereza? Que planos? De que planos você está falando?

"O seu futuro acabou pelas mãos deles, por atos deles, por vontade deles. Chegou a hora de você se vingar. Como seu pai se vingou."

Deu a volta na mesa, mexeu nos papéis, à procura de algo.

"Sua missão não é assunto meu. É do círculo acima de mim. Sei do que se trata, mas não como a Irmandade organizou o que você fará. Nem devo saber, é o protocolo de segurança. Preciso apenas terminar a minha parte. Ela se encerra com isto", disse, finalmente encontrando o que procurava, colocando sob a luz do abajur.

"Veja isto", falou, pela primeira vez demonstrando emoção. "Veja", repetiu, a voz falhando, "isto."

Levantei-me e me aproximei.

Tereza segurava uma foto colorida.

"Pegue."

Vi que retratava uma moça, num pátio, entre arbustos altos de flores grandes, como dálias.

"Tome!"

Relutei.

"A foto foi tirada na semana passada, para você. Para lhe mostrar."

Peguei.

Uma jovem de cabelos cortados curtos como os de um menino olhava desalentada para a câmera, a cabeça inclinada para a esquerda, o pescoço débil demais para mantê-la ereta, metida em um vestido azul-

-marinho com estampas pequenas, à maneira das senhoras mais velhas, ou de roupa doada, larga demais para seu corpo franzino, fazendo que parecesse ainda menor, sentada na cadeira de rodas.

Fui invadido por uma imensa tristeza ao reconhecer na moça tão claramente indefesa o mesmo tipo de pele morena, maçãs do rosto altas e lábios carnosos que vira nas irmãs alagoanas do álbum de fotos.

Entendi quem era.

Senti as lágrimas brotando, mordi a língua com força, até sentir o gosto de sangue na boca, a dor me impedindo de chorar.

Joguei a foto sobre a mesa, xinguei um palavrão qualquer.

Tereza pegou a foto, colocou-a de volta sob a papelada, suspirou, antes de falar, outra vez didática e impessoal.

"Sim, é a sua irmã. Isso foi o que fizeram com ela."

16.
Teez

O riso dela. Essa era a primeira coisa de que me lembrava, quando me lembrava dela, que não era sempre, nem eu queria. Não gosto de pensar nos mortos. Lembrar. Tem gente morta demais na minha vida. Lembrar, lembrar, não. Mas dela, do riso dela, sim. Às vezes.

Podia nem ser recordação minha, podia ser o que tivessem me contado sobre ela e disso eu formado o que acreditava serem lembranças, ou o que ouvi de quem não queria que eu soubesse do passado verdadeiro, ou queria, tortamente, sobre meu pai, minha mãe, a irmã dela, o Mercury grená e ela, também morta, sempre foi dito, a meu lado e de Yolanda, da minha mãe, mas eu sabia, de alguma forma eu sabia, a memória trazia, que a menina ria, ria sempre, ria de tudo, achava graça das minhas baboseiras e pirraças, dos meus tropeços nas palavras de muitas sílabas tão celeremente pronunciadas por ela, paralelepípedo, helicóptero, liquidificador, mafagafinhos, das contorções do bicho de goiaba em sua mão, uma gargalhadinha ritmadazinha, a primeira imitação que tentei fazer, menos para rir igual a ela do que para provocar mais risadinhas dobradinhas sobre meu esforço inútil de copiar a irmã alegre, capaz de atravessar pinguelas quando eu nem sabia o que eram pinguelas, de caminhar equilibrando-se sobre o muro entre nossa casa e a do vizinho, de pular corda interminavelmente, de subir e se pendurar nos galhos do cajueiro em frente à casa, de jogar carniça, balançar de cabeça para baixo no pneu pendurado na mangueira do quintal, disparar atrás das galinhas e patos, divertida sempre, risonha sempre, correndo sempre, feliz, se essa palavra fosse usada naqueles tempos para definir uma menina atenta, esperta, saudável, encantadora.

Feliz. Feliz, não. Essa foi uma palavra que nunca ouvi, não me lembro de ter ouvido, jamais associada a ela, embora assim eu acreditasse que ela fosse, feliz jamais associada a nenhum de nós. Nem naqueles tempos, nem depois. Nunca mais.

Até agora.

Até ver a foto dela entre as dálias.

Nós éramos felizes. Nós fomos felizes. Nós tínhamos sido felizes. Os cinco. Até nos destruírem.

A mulher de 24 anos na cadeira de rodas ainda se parecia com a menina sorridente da festa de aniversário, olhos de sogra, cajuzinhos e guaraná Caçula dispostos na mesa, por trás do bolo com seis velinhas. Os cabelos lisos, a testa arredondada, os grandes olhos castanhos, tal como então. Mas. O olhar. Tão vago. Tão vazio. Tão ausente. Como seu sorriso.

"Quando a trouxeram, quando eu a conheci, quando fui designada responsável por ela, tudo havia sido tentado. Em hospitais, em sanatórios, enfermarias, consultórios de especialistas e de charlatães, mesas de operação, ao longo de meses, anos, aqui no Brasil, depois em Buenos Aires, chegaram a considerar transportá-la para o México e, de lá, para os Estados Unidos, onde há especialistas e instituições de saúde ligados à Irmandade, sem limites de custos nem constrições de tratamentos experimentais para tentar reverter o quadro dela. Acabaram concluindo ser tarde demais."

* * *

Tereza caminhava pela biblioteca inexistente, sempre dando as costas para mim, evitando que eu visse a expressão a acompanhar sua voz vacilante, ou assim me parecia.

"Ela não conseguia se lavar, ou se vestir, ou pentear os cabelos, escovar os dentes, ou avisar que precisava ir ao banheiro, nem que se molhara, nem que estava com sede, ou tinha fome, nada. Eu não sabia o que acontecera para deixá-la assim. Não era informação para chegar ao meu círculo. Nem eu devia me apegar a ela. Não devia. No entanto... Havia

uma meiguice nos seus olhos. Senti uma... Senti como se ela tivesse uma, não sei, uma alegria, uma vontade de rir por trás daquela... Ausência."
   Lá de baixo, uma voz masculina a chamou, talvez Beto Hagger, talvez o homem da navalha. Sem se voltar, Tereza gritou que iríamos descer em alguns minutos. A voz masculina avisou que alguém, cujo nome eu não captara, tinha começado a discursar. Ela repetiu que logo iríamos descer. Em seguida, ficou em silêncio. Logo retomou.
   "Foi extraordinário Eliana ter escapado com vida. Tantos ossos quebrados, tantos ferimentos, tantas ulcerações, órgãos perfurados. Outra criança teria sucumbido. As cirurgias e os tratamentos foram fazendo com que se recuperasse. O corpo. Dentro do possível. Mas a lesão no cérebro tinha sido... Extensa."

* * *

   Há coisas que eu preferiria não saber. Há tanto que eu gostaria de não saber. Para que saber, se não há ação possível, nenhuma possibilidade de reversão, nada, nada exceto ficar parado impotente diante do desastre e dizer para si mesmo é isso, então é isso, isso foi, isso é, isso será. Nada do que eu fizer fará a menor diferença, nada do que eu tentar fazer mudará, alterará um átomo, um lamento, uma dor. Nada. Preferia não saber de Eliana. Preferia continuar pensando na menina das risadinhas ritmadas, para sempre desaparecidas sob os destroços do carro grená. Mas sempre é apenas um adiamento. Um dia se acaba sabendo. Mais dia, menos dia, alguém conta. O alívio da ignorância tem fim.
   Nem as palavras mais simples ela conseguia falar. Muda enquanto sentada na cadeira de rodas, muda ao ser transferida para o leito, muda enquanto a limpavam e trocavam suas fraldas, muda sob o chuveiro, muda ao cortarem suas unhas e seus cabelos, muda enquanto colocavam comida em sua boca, muda todas as vezes que Tereza levantava seu tronco, desabotoava a parte de trás de sua camisola e massageava suas costas com óleo de bebê, tentando amenizar o incômodo das escaras,

até o dia, e foi quando Tereza se deu conta pela primeira vez de como se afeiçoara à moça inerte, até o fim de uma tarde em que, depois de levá--la, mais uma vez, empurrando sua cadeira de rodas pela alameda de seixos, entre os canteiros de dálias, na ala fechada do colégio de freiras no Alto da Tijuca, não muito distante da casa quase sem móveis para onde haviam me levado, enquanto Tereza, já então sabendo da ação que conduzira ao desastre na Serra das Araras, embora ignorando ter havido outro sobrevivente, sentindo sob seus dedos treinados as costelas da jovem franzina, ouviu, pela primeira vez, a garota emitir um som mais longo que um gemido, quase uma palavra, mas incompreensível no tom anasalado e na voz deficiente da paciente sob seus cuidados. A moça repetiu o mesmo som, as mesmas sílabas. Tereza parou a massagem, ficou quieta, imóvel, e ouviu de novo. A mesma palavra de duas sílabas, na mesma voz fanha. Tentando mover o pescoço anêmico, a menina fez esforço para virar-se para Tereza, sem sucesso. Seus olhos castanhos apenas conseguiram encontrar os olhos amarelos da adulta a esfregar óleo em suas feridas. Teez, a jovem balbuciou. Teez. Só então Tereza entendeu. Teez. A moça inerte falava seu nome. Teez. Teez. Tereza.

"Vamos descer", Tereza encerrou, abrindo a porta. "Estão lhe esperando lá em baixo."

Tinha os olhos úmidos, me pareceu. Ou foi apenas um brilho fugidio refletindo a lâmpada nua no teto. Eu nunca saberia. Não conseguia ver direito, através de minhas lágrimas.

Eu estava pronto.

* * *

Sentei-me bem no meio de um vagão às escuras e vazio, exceto por um homem a dormir num banco perto da porta por onde eu entrara, abraçado a uma bandeira vermelha, e outro ao fundo, atento ao rádio de pilha segurado junto ao rosto. O som do discurso que ouvia se misturava aos clangores das rodas do trem em direção à Central do Brasil.

O povo olha para um dos poderes da República, que é o Congresso Nacional, e...

Não levava nenhuma arma comigo. Alguém, lá, me entregaria, no momento certo. Eu não sabia quem. Nem quando. A pessoa, uma mulher ou um homem, uma velha mendiga ou um sindicalista jovem, na caminhada em meio aos manifestantes e soldados, ou adiante, quando eu já estivesse próximo do palanque, ou mesmo já lá em cima, junto aos políticos, aos puxa-sacos e aos seguranças, colado a Tancredo Neves, ou Brizola, ou Jango ou à mulher dele, antes de ser percebido pelo sindicalista alerta à proteção do presidente e da primeira-dama, o homem espadaúdo cuja foto me foi mostrada e seria fácil identificar, mais alto do que João Goulart e Maria Thereza, alguém insuspeito colocaria a arma na minha mão ou no meu bolso e bastaria apenas disparar ao redor de mim, ininterruptamente, todas as balas no pente da pistola. Membros diferentes da Irmandade estariam me aguardando na plataforma de desembarque da estação central e iriam se alternando enquanto me conduziriam através da multidão, eles e elas, mulheres e homens, abrindo caminho com a ajuda de outros agentes da Irmandade, até lá. Até meu destino. Até completar minha vingança.

... e o povo ele diz não, porque o Congresso Nacional é um poder controlado por uma maioria de latifundiários, reacionários, privilegiados e de ibadianos...

Vinda do rádio do homem ao fundo do vagão, a voz do orador prosseguia, suas palavras envolvidas entre o retinir do trem em movimento e gritos da multidão a clamar *"Fecha! Fecha! Fecha o Congresso!"*, *"Brizola presidente em 1965! Bri-zo-la! Bri-zo-la! Bri-zo-la!"*.

* * *

Depois de me passar as instruções, me fazer repeti-las em todas as minúcias, me mandar vestir um paletó exatamente do meu tamanho e da cor de minhas calças, e uma gravata idêntica à que eu usava hoje de manhã, o homem da navalha me levara até o portão, onde um automóvel azul-marinho, com o motor ligado, esperava.

Ele abriu a porta de trás, entrei sozinho, o carro partiu. Tínhamos atravessado a casa em total silêncio, sem sinais da presença de Tereza, nem da mulher pálida ou de Beto Hagger. O Aero-Willys não mais se encontrava estacionado na garagem.

Foi curto o percurso pela estrada dentro da floresta, a escuridão cortada pela luz amarelada dos faróis, o motorista e eu quietos, descendo até um largo com um chafariz ao centro, onde o motorista parou ao lado de um carro da mesma cor e formato, próximo a uma placa com três setas pintadas em branco indicando Praça Afonso Viseu-Parque Nacional da Tijuca-Avenida Edison Passos.

Saltei e entrei no outro carro, conforme instruído. O segundo automóvel, o motorista igualmente calado, continuou a descida, agora por uma estrada larga de pista dupla e muitas curvas. De quando em quando, enxergava uma ou outra casa iluminada por trás de muros, rodeada por gramados e jardins. Logo as casas se tornaram mais próximas, os terrenos menores. Intercalados, apareceram alguns prédios residenciais baixos, em seguida vários. A avenida sem trânsito desembocou em outra, com edifícios dos dois lados. Um ônibus, depois um bonde, passaram por nós, pouco antes de o automóvel encostar atrás de um carro semelhante, estacionado em frente a uma padaria. Novamente desci, novamente entrei, novamente fizemos em silêncio um percurso desta vez mais longo, descendo entre prédios cada vez mais aglomerados. Rua Conde de Bonfim, registravam as placas, a cada quarteirão. Ao chegarmos à Praça Saens Peña, que reconheci, paramos.

Saltei e, ainda uma vez, um carro em tudo semelhante aos anteriores, dirigido por um motorista mudo em tudo semelhante aos três primeiros, parou ao lado, abri a porta de trás, joguei-me, o estomago meio embrulhado.

Não reparei as ruas que tomou, nem me interessei.

A náusea aumentara, tinha vontade de vomitar. Segurei.

Quando o carro parou, estávamos diante da estação São Francisco Xavier. Corri para a plataforma, único passageiro em direção ao centro da cidade, vomitei sobre os trilhos, uma gosma amarelada de quem tinha o estômago vazio desde de manhã. Não adiantou. Não me trouxe alívio. Continuei nauseado.

O trem não demorou a chegar. Embarquei. Ainda tinha quatro estações à frente, antes de chegar ao meu destino.

Meu destino.

* * *

Na estação de Mangueira, as portas se abriram, nenhum passageiro embarcou. O som alto do rádio de pilha ficou mais claro. Um locutor contava que o ex-primeiro-ministro Tancredo Neves acabara de se retirar do palanque, em protesto às referências do deputado federal Leonel Brizola à inconfiabilidade de *velhas raposas políticas*. Um segundo radialista lembrou que, em agosto de 1961, quando militares e políticos de direita tentaram impedir a posse do então vice-presidente João Goulart, após a renúncia de Jânio Quadros, foi Brizola, então governador do Rio Grande do Sul, quem comandou a resistência, conclamando a população a apoiar Jango, transmitindo do porão da sede do governo gaúcho mensagens inflamadas, à frente de uma cadeia de mais de cem emissoras de rádio autointitulada Rede da Legalidade.

"*E neste momento Leonel Brizola está fazendo um novo alerta*", interrompeu o primeiro radialista. "*Vamos ouvir o que diz o deputado.*"

"*Não aceitaremos nenhum golpe, venha ele de onde vier*", bradava Leonel Brizola, com seu forte sotaque sulista e oratória de pastor evangélico. "*O nosso caminho é pacífico, mas saberemos responder à violência com violência. O nosso presidente que se decida a caminhar conosco e terá o povo ao seu lado*", pregava, quando sua voz sumiu sob os ruídos do trem de volta à rota.

* * *

Nunca atirei, em toda a minha vida. Nem com espingarda de chumbinho, como outros meninos faziam. Não havia espingardas de chumbo na Instituição. A única arma que me lembro ter segurado algumas vezes era um velho revólver mantido por Dona Clotilde, a proprietária do bordel que me dava alguns cruzeiros para satisfazê-la, largado com balas dentro da gaveta de sua penteadeira, mais para exibição de ameaça do que para uso, até onde sei. Seu rebanho era dócil, a clientela também. E contava com a presença constante do leão de chácara Theodorico, um gigante mulato analfabeto, até ser despedido ao ser flagrado no quarto de uma das meninas, cujo nome esqueci, que, em vez de estar atendendo fregueses, lia para o segurança romances de M. Delly, surrupiados por ele na biblioteca municipal.

"É simples, basta apertar o gatilho assim que a pistola for colocada no seu bolso", instruiu-me o Amarantes da navalha. Dispare logo. Imediatamente. Nem precisa tirar do bolso. Sobretudo, não tire. Não deixe que vejam a arma. Nem aponte. Os seguranças pularão sobre você, antes mesmo que você mire. O tal sindicalista do CGT, o tal do Oswaldo Pacheco, vai se jogar na frente, para levar a bala, em lugar de Jango ou da mulher dele. Atire e corra para fora do palanque."

A gentileza condescendente do fotógrafo veterano de hoje de manhã desaparecera. Quem falava comigo era um treinador objetivo e duro. Com clara educação militar. Um ex-capitão, talvez. Ou um major ainda na ativa.

"Quando você sentir o peso da pistola no bolso, atire. Mantenha o dedo preso no gatilho, para disparar o máximo de balas antes que as pessoas no palanque percebam o que está acontecendo. Vão pensar que é barulho dos fogos de artifício. Quando perceberem, será tarde. O bom trabalho estará feito."

O bom trabalho estará feito, repeti para mim mesmo.

"Os nossos vão retirar você imediatamente", assegurou. "Uns paisanos, outros usando uniformes da Polícia Militar. Serão truculentos. Não resista. Confie neles."

O sorriso desaparecido de Elisabeth, eu pensava. O risinho ritmado de Elisabeth, eu pensava. De Eliana. A gargalhadinha ritmada de Eliana. As risadinhas dobradas de Eliana.

"Você só tem que apertar o gatilho. Só isso. Apertar o gatilho. A razão do paletó é esta. Dispare a pistola de dentro do bolso. Os tiros vão acertar na altura do estômago, fígado, rins, intestinos, vesícula, pâncreas, bexiga. Um belo estrago. Algumas boas mortes."

17.
Última parada

Meia dúzia de passageiros de outros vagões saltou na plataforma da estação Maracanã e encaminhou-se para a saída. Os ponteiros de um relógio grande na parede de tijolos vermelhos, à maneira das estações inglesas que serviram de modelo ao sistema ferroviário brasileiro, marcavam nove e cinco.

Levantei-me, desequilibrando-me com o solavanco da partida do trem, e fui sentar-me mais próximo de onde podia ouvir melhor a transmissão do comício.

A chegada do presidente da República acabara de ser anunciada, "*acompanhado da bela primeira-dama, a jovem Dona Maria Thereza Fontella Goulart, de apenas 24 anos incompletos*", descrevia o repórter radiofônico, "*muito elegante em um conjunto de cor azul-piscina, acompanhado de bolsa e sapatos brancos*".

Ainda faltavam duas estações. A próxima era a de São Cristóvão. Por quanto tempo Goulart falaria? Eu chegaria antes do final do discurso, me perguntei. Daria tempo?

As portas abriram. O sujeito do rádio de pilha aumentou o volume. Jango fazia o pronunciamento em voz muito alta, como se não estivesse diante de microfones.

> *O governo, que é também o povo e que só ao povo pertence, reafirma os seus propósitos inabaláveis de lutar com todas as suas forças pela reforma da sociedade brasileira. Não apenas pela reforma agrária, mas pela reforma tributária, pela reforma eleitoral ampla, pelo voto do analfabeto, pela elegibilidade de todos os brasileiros...*

As portas fecharam, sem que ninguém entrasse. Prosseguimos, no vagão chocalhante, os outros dois passageiros e eu, os sons de metal, motor e voz do presidente embaralhados.

Acabei de assinar... decreto de encampação de todas as refinarias particulares... A partir de hoje..., as refinarias de Capuava, Ipiranga, Manguinhos, Amazonas e Destilaria Rio Grandense passam a pertencer ao povo... ao patrimônio nacional... Lei n. 2.004... homenagem... o imortal e grande patriota Getúlio Vargas tombou, mas o povo continua a caminhada, guiado pelos seus ideais.

Havia passageiros na estação da Praça da Bandeira, numerosos, mas na plataforma oposta à nossa, de quem aguardava a volta para casa. Na do nosso lado, apenas uma mulher maltrapilha, acompanhada de uma criança, estendendo algumas folhas de jornal no piso de cimento embaixo da escada que levava à rua. Mãe e filho se deitaram. Lembrei de Yolanda me pondo na cama, puxando a coberta até meu pescoço, apagando a luz do quarto onde dormíamos os três, ela, eu e Eliana. Provavelmente não era verdade. É muito pouco o que me lembro. Inventaram tanta coisa em que acabei acreditando. Menos o risinho de Eliana. Esse, eu sei, era verdade.

Ninguém entrou no nosso vagão. Quem queria ir ao comício já estava lá desde cedo, imaginei, conforme o trem partia.

A próxima parada seria a última.

* * *

No dia seguinte à foto com as dálias, Eliana fora levada para fora do país, onde seria bem-cuidada até o fim de seus dias, Tereza me tranquilizara. Para o Panamá, ela deduzia, sem acesso às informações disponíveis apenas para círculos acima dela, pois lá era a base de operações da Irmandade entre as Américas e a Europa, um país regido por governantes escolhidos pela organização. Ela mesma e a mulher pálida seriam disponibilizadas para novas tarefas, separadamente, ignoradas ainda por ambas, em locais a serem definidos conforme as necessidades da Irmandade. Eu não as reconheceria, quando e se viesse a vê-las novamente. Passariam por novas cirurgias plásticas, como as que lhes deram semelhança de irmãs, nariz delicadamente arrebitado, e rejuvenesceram a *girl* altiva que uma noite, na boate Vogue, deslumbrara Toni Amarantes.

* * *

Conforme o trem se aproximava da Estação Central, ondas de sons vagos começaram a chegar a meus ouvidos, longínquas primeiro, indistintas, se sobrepondo umas sobre outras, crescendo, pouco a pouco envolvendo o vagão e tudo em volta, embolando gritos de vivas, aplausos, estouros de fogos de artifício e a voz de Jango, em palavras soltas, entrecortadas, ecoadas em meio à balbúrdia eufórica na Central do Brasil.

O governo... ataques que tem sofrido... insultos... não recuará... contra a exploração do povo... fiscalização dos exploradores do povo...

Saltei tão logo o trem parou. A plataforma estava cheia. Quase fui empuxado de volta por blocos humanos apressados. Forcei a passagem. Os sons do comício reverberavam nos altos vãos de ferro dos galpões de embarque. Senti a náusea voltando a subir, o gosto azedo do enjoo vindo até a garganta, a tonteira me rondando. Apoiei-me em uma parede. Não via nenhuma indicação de saída. Entre trombadas e empurrões, procurei identificar quem seria o primeiro a me conduzir, quando senti alguém muito perto de mim começar a me empurrar, sutilmente, como se tratasse de um acaso. Reconheci a bandeira vermelha do homem que dormia no trem. A bandeira devia ser um sinal, pois dali fomos atravessando entre grupos compactos, que se abriam e davam passagem conforme nos aproximávamos.

Chegamos do lado de fora.
A barulheira era ensurdecedora.
Alto-falantes repetiam, em ecos atrasados, o discurso do presidente.

> ... *me sinto reconfortado e retemperado rado rado para enfrentar a luta luta que tanto tanto maior maior será será será contra nós, quanto quanto mais mais mais perto perto perto perto estivermos do cumprimento de nosso nosso nosso dever ver ver. À medida que esta luta luta luta apertar, sei que o povo povo povo também também também...*

O homem da bandeira vermelha afastou-se, e duas mulheres mais baixas que eu, segurando uma faixa com dizeres que não consegui ler, postaram-se cada uma de um lado e foram me conduzindo na direção que deduzi ser a do palanque. A aglomeração cerrada abria caminho para elas, como continuou fazendo quando um homem grisalho me pegou pelo braço direito e me levou por outro trecho, até que senti outra mão no meu braço esquerdo e não o vi mais, nem aos outros a me dirigir pela multidão cada vez mais densa, um e outro, e outra mais, para a frente, sem dificuldade de caminhar, como se flutuando, entontecido pelo vozerio e explosões de fogos, vendo e deixando de ver o palanque à frente, cada vez mais próximo, passando quase como se deslizasse, impossivelmente, ilogicamente, por uma trilha reservada para mim, até chegar a uma escada de madeira, guardada por dois sujeitões. Cada um se afastou para o seu lado, fui impelido degraus acima.

O presidente encerrava naquele momento seu discurso, os braços erguidos, saudando a multidão a ovacioná-lo. Suava. A seu lado, vestida de azul, os cabelos castanhos presos em um coque no alto da cabeça, uma mulher muito jovem e muito bela sorria. Reconheci a primeira--dama Maria Thereza Goulart. Em volta deles, todos aplaudiam, se congratulavam, se abraçavam, davam tapinhas nas costas e falavam aos ouvidos uns dos outros, tentando fazer-se ouvir debaixo da gritaria dos manifestantes, das palmas, do foguetório.

A mulher do presidente virou-se para ele, apenas um pouco, passou-lhe uma echarpe, que o marido imediatamente utilizou para secar o suor que escorria da cabeça quase careca para o pescoço. Era um pequeno gesto, discreto e afetuoso, pessoal, íntimo, em meio à teatral encenação pública de engravatados senhores pançudos. Nesse momento ela sorriu. Nesse momento vi seu perfil delicado como o de uma Nossa Senhora medieval. Nesse momento me ocorreu que ela tinha apenas 24 anos e sorria como uma menina girando sem medo em um carrossel. Nesse momento me ocorreu que Eliana e eu havíamos girado, algum dia, em um carrossel de cavalinhos multicoloridos e que Eliana ria ainda com mais vontade do que em nosso quintal ou no banco traseiro do Mercury grená, suas musicais risadinhas ritmadas. Nesse momento me ocorreu que Eliana e Maria Thereza tinham a mesma idade.

Nesse momento um homem louro de ombros largos se acercou da mulher do presidente. Nesse momento percebi colocarem algo no bolso do meu paletó. Nesse momento reconheci o sorriso de dentes perfeitos de Beto Hagger junto à primeira-dama e seus olhos azuis cravados em mim. Nesse momento senti o peso da arma em meu bolso. Nesse momento meti a mão no bolso, toquei o metal frio da pistola, coloquei o dedo no gatilho. O olhar translúcido de Beto Hagger continuava fixado em mim. Ele sorria e aplaudia, e aos poucos se afastava de Maria Thereza e João Goulart, acenando quase imperceptivelmente com a cabeça um sinal encorajador para mim, até finalmente colocar-se por trás do homem grande da Central Geral dos Trabalhadores. Beto Hagger estava a salvo. Eu já podia atirar. Eu deveria atirar. Meu dedo estava no gatilho. Maria Thereza moveu-se.

Teez.

Colocou-se exatamente na minha frente.

Teez.

Baço, fígado, rins, intestino. Bem na minha frente.

Teez.
Era o momento certo.
Teez.
Meu dedo no gatilho.
Teez.
Soltei o gatilho.
Teez.
Tirei a mão do bolso, trazendo com ela a pistola.
Alguém gritou *Ele tem uma arma*. Acho. Talvez ninguém tenha gritado. Eu estava tonto, eu estava nauseado, não tenho como me lembrar exatamente. Lembro, apenas, de ter visto Beto Hagger metendo a mão no bolso direito de seu paletó. E ouvido os estampidos, misturados ao estouro dos fogos acima. Em seguida, ao mesmo tempo, quase ao mesmo tempo, algo queimando e perfurando dentro de mim uma, duas, três, quatro vezes.
Caí.
Senti um chute na cara, pisaram em meus braços e mãos, vi pernas enquanto me arrastavam, em meio a gritos, alguém me chutou nas costelas, continuaram me arrastando, me deram um pontapé no ouvido, depois outro mais na cara, outros, alguns, a dor no rosto e a dor nos ouvidos e a dor nas costelas e as dores a arder dentro do abdome se somando, a cabeça batendo no piso enquanto me arrastavam, eles, uns, vários me puxando, debaixo de pontapés, um pisão de coturno no peito, outro mais, um pisão no pescoço, arrastado não sei por quanto tempo, interminável, parecia, me levando aos sopapos e trambolhões, até ver os pneus banda branca de um carro preto, uma porta que se abria na parte de trás, a mulher do presidente sentada, o presidente com a cabeça em seu colo, uma voz perguntando *Como ele está, onde foi o ferimento*, ela respondendo algo que não ouvi, todos os sons e ruídos e barulhos sumindo, o arrastão, minha cara esfregada no cimento, e as pernas, ainda as pernas, as calças dos soldados, as botinas e, em seguida, logo em seguida, uma imagem luminosa, em seguida, uma imagem

muito branca, luzente, tomando o lugar deles todos e de tudo, logo em seguida, logo, envolvida nesse grande branco, uma mulher magra e alta se aproximando, vindo até mim e logo, logo, em seguida se inclinou, se inclinou sobre mim, e vi um rosto, o rosto de uma mulher, uma mulher morena de cabelos curtos, quadris estreitos, busto pequeno, levemente dentuça. Era quase bela.

Ela se abaixou, sentou-se, deitou minha cabeça em seu colo, colocou as mãos sobre meus olhos, fechando-os, e disse "Dorme, meu filho. Você precisa descansar".

Depois ainda a ouvi cantarolando, bem baixinho, pouco mais que um sussurro:

Reunidos neste dia
De tão grande alegria
Desejamos que as bênçãos de Deus
Caiam todas sobre os dias teus
E que em data igual a esta
Haja sempre a mesma festa
Cada um renovando os votos que hoje faz
De mil venturas e de paz.

Este livro foi composto na tipografia Minion
Pro, em corpo 10/16, e impresso em
papel off-white no Sistema Cameron da
Divisão Gráfica da Distribuidora Record.